生在西安

杜爱民 著

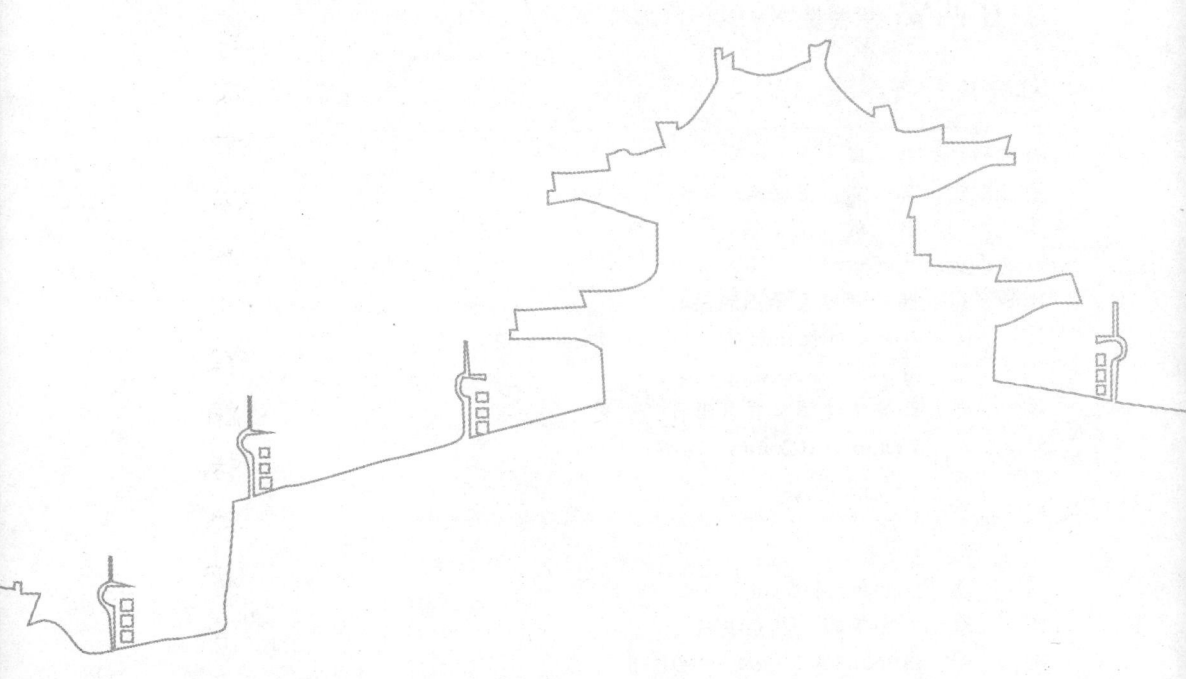

陕西师范大学出版总社

图书代号 WX19N2072

图书在版编目(CIP)数据

生在西安/杜爱民著. —西安：陕西师范大学出版总社有限公司，2020.1
ISBN 978-7-5695-1091-1

Ⅰ.①生… Ⅱ.①杜… Ⅲ.①散文集—中国—当代 Ⅳ.①I267

中国版本图书馆CIP数据核字（2019）第198154号

生在西安 SHENGZAIXIAN

杜爱民 著

选题策划	刘东风
责任编辑	郭永新　王雅琨
责任校对	舒　敏　王　翰
封面设计	主语设计
出版发行	陕西师范大学出版总社
	（西安市长安南路199号　邮编 710062）
网　　址	http://www.snupg.com
印　　刷	西安市建明工贸有限责任公司
开　　本	720mm×1020mm　1/16
印　　张	15.5
插　　页	1
字　　数	190千
版　　次	2020年1月第1版
印　　次	2020年1月第1次印刷
书　　号	ISBN 978-7-5695-1091-1
定　　价	49.00元

读者购书、书店添货或发现印装质量问题，请与本公司营销部联系、调换。
电话：（029）85307864　85303629　传真：（029）85303879

序

　　有一段时间，我时常沉浸在关于西安的往事之中，随后便有了这些文字。

　　对于往事的回溯，在我，还是一种与往昔的对冲，是另一种能力的获得。

　　个人如何在重新言说和寻找中把握回归的能力，本身就意味着对未来不确定性的应对。西安往事对我不只是记忆，还是内心的反抗。

　　未来无法预测，而此刻又将成为逝川的一滴。西安往事作为我个人情感地理的图谱，有着生老病死、爱恨情仇。它们在我眼前不断地变化，也带着我在时空里经过故乡。

　　这些文字的缘起，在我还是为了了断早已有的一桩心事。进入中年之后，有一种异样的感觉一直伴随着自己。我能感受到自己的气息，所保存的仍然只是我在故乡西安的生活。它们是我的财富，并叫我内心依然还拥有着热情。我的这桩心事就是把它们用文字记录下来。

　　这些年，我陆续读了一些关于西安的不同文字，或史海钩沉、风俗掌故，或地缘沿革、人事变迁，均取旁观者的宏观视角，少有个人活生生的切身经历与感受，这使我要写西安的想法更加迫切。

能以西安这样的城市为故乡，在我确实是一件幸事。它如何在我内心之中真实地存在着，如何神奇地对我产生着影响，一直都是我的秘密。我想借助文字，来进一步探寻我与故乡西安之间的秘密。

我只能以个人的名义来写。每个视西安为故乡的人都拥有这个权力。王朝的盛衰，宫闱逸事，不是我出生之后和成长的过程中，西安留给我的个人记忆，因而我的文字不会涉及属于大历史的东西。如果今天的文学也是用来消费的商品，那么我的文字不会有取悦任何人的功效。它们属于我，属于西安，属于有故乡情结的人。

我希望读者将此书当成一个人的个人成长史，从中体味到每个人都有过的爱和疼痛。

目录

001　仁义村

007　春天纪事

013　难忘的左手

017　1975年的琴声

025　母亲的病

031　钟楼邮局

036　冬夜的花

038　南山树

042　50岁说

048　屠　马

050　大地记忆

055　消息

058　火车火车

062　花　朵

064　破碎的梦

067　李老三

071　解放路

刀　子　076

在城市之间穿行　079

清晨的光　084

4路公共汽车　086

1968年的面汤　088

劳动路和湘子庙街　090

生在西安　093

我的理想　095

自行车　097

年　关　100

荠　菜　103

茶　味　106

马路的秘密 /109

114　路灯和马蹄的岁月

116　另一些人

121　藻露堂

124　萝　卜

126　城墙上的风

128　日日新生活

130　白　菜

133　青龙寺的樱花

137　环城林

139　鲁迅老师

144　风的颜色

147　在南山以北的地区

149　汽车神话

在西安城中漫步　153

长安梦　159

平湖秋月　161

秦岭的云　164

心灯的传递　166

长安一片月　174

王朝视野中的都城西安　179

西安的空间与地理学的政治　183

让感觉得以穿过的街道　187

粥　189

南门花园　191

大雁塔　193

196　年　味

200　一个人的公园

203　城市是一座迷宫

205　宗奇先生

210　青郊记

212　朗　月

214　戏　痴

218　苦　夏

220　半坡遗梦

223　秋天里的秋天

227　若隐若现的花

230　水声食味

234　刀　疤

仁义村

仁义村如今已是灯红酒绿，人群熙攘。

有一阵子，我常去画家赵振川的画室看他作画，途中要从仁义村经过，每到黄昏时分，街上的花灯初上，仁义村中的道路两旁，也三三两两亮起烤羊肉串的红灯罩子，呲呲的烤肉声响起，肉香和青烟缭绕，让我想到炊烟袅袅环绕的大地，背后暗藏的诗情画意。

从前仁义村只是南门城墙外东南方向附近的一片菜地，是出西安南城门外的第一个小村落，村里住的全是菜农。每到夏天，也是黄昏时，我和王正就要翻过城墙，游过城河，到仁义村的田塍上玩耍。王正每次先要钻进草丛中腾空肚子，结束后总要重复对我说：今天的星空真蓝。一阵凉风吹来，我便会在田塍上打一个尿战。这时候，菜农们都已收工回家吃饭，菜地尽头，并排立着的几座农舍，就是仁义村了。农舍屋顶上空，此时也已经升起了白色的炊烟。不远处，会时时响起狗叫声，运气好的话，还能听到从陕歌大院传来的圆号声。太阳已经落山，夏日里的夕阳在天空中留下几道残血。仁义村的菜田摆满了我和王正享用的盛宴：脆嫩的黄瓜和青豆，黄色的西红柿涩中略带甘甜。我俩躺在草丛中一边饱食着这些素朴的食物，一边数着天空的星星。天很低，清澈通透，星星闪亮。黑暗中，有人朝我们这边移动，手里好像操持着什么家伙，太远，我们也看不清。

王正说，是狗日的老田。

我们即刻从仁义村撤离，游过城河，翻越城墙，回家睡觉了。

20世纪60年代末，西安看上去还像是一个小城镇。站在南城墙头望，城圈里尽是大片灰瓦房，只有报话大楼和钟楼邮局两座高楼，城墙外属郊区，有麦田和菜地。仁义村那时候也只是城圈附近的一个小菜园子，村里的菜农构成单一，朴实厚道，经年务农种菜。老田那会儿一大早赶一驾马车，上面摆满一箩筐一箩筐的新鲜蔬菜，停放在我们巷口的菜店门前，老田就蹲在马车旁抽旱烟，盯着旁人卸车。我和王正背着书包经过，喊一声：田伯，你人真特！老田乐呵着露出一嘴黑牙，咀嚼着黄铜烟杆支吾着：唉，咱娃特！咱娃特。

我和王正便一路小跑，哈哈大笑。

那会儿在城墙上，你还会感觉到：城乡两立，泾渭分明。城墙在城市与乡村的中间，并且高高在上。一边是田园和农舍，还有诗情与画意；一边是勉强能算作城市的老西安城，住满了小市民和各色闲杂人等。据老人们讲，每天老皇城里放炮，城门楼子就张灯，城外包括仁义村在内的农家，才开始生火做饭。这些都是老规老理，跟仁义村都有关。

到了70年代中期，仁义村的菜田渐稀，我们中学"学工"去的那间皮件厂就建在仁义村的地头上。那时候，村中已能见到操着外地口音的人，出出进进，忙忙碌碌，肩扛印着日本尿素的蛇皮袋子，鼓鼓囊囊，不知放的什么东西。逐渐萎缩的菜田旁边，堆满了生活垃圾和建筑废料。菜农们有的盖起了二层砖楼，底下一层自己住，上面一层招的是房客。在仁义村租房手续简便，只要说好价钱，就可以了事。房客想干什么，房主从不过问。自从仁义村从郊区划归城中的碑林区管辖后，村民的孩子也从城外来到城里,在我们读书的五中插班上学。他们常常结伙在校园里出没,剃着瓦青的光头,顶上扣一个草帽,光脚穿草鞋,书包里放的凶器是清一色的镰刀。谁要停下来,多瞧上他们几眼,他们便会一群围上来,把你彻底放翻。

田伯在仁义村口紧靠环城路的地方,摆起了茶摊,兼卖纸烟和一些小零食,嘴头上叼的已不是旱烟杆子,换成了带把的纸烟。他很深地吸足一口,烟头就闪亮一下,吸进肚里的烟气,也不见他朝出吐。我在田伯的茶摊上歇过脚,买过烟,喝过凉茶。老头已被逐渐滋润的日子弄得有些糊涂,见我已不认得了,左手的无名指上带着一颗假钻戒,冲外地打工的人说话的口气像个大款。田伯已无菜可种,没有马车能让他来赶,生活就这么改变了一切。摆茶的经历,让他看上去增添了不少江湖的习气。他一边吆喝着自己的买卖,一双贼眼,在旁边不远处的两个打工妹身上,来回地打量翻转。

仁义村就像深圳附近的龙岩,上海旁边的青浦,北京跟前的门头沟,都成了通往大城市的旱码头。被城市的向心力从远方吸纳而来的人群,又由于城市的排斥和拒绝,就这样停泊在了这些城乡交会的地带,或城中的村子。仁义村标志着城乡的分隔。城市在对农村的开放中获益,而那些涌向城市的人群,在仁义村中又失去了原先生活里的家族和集体的相互关照。仁义村里的外地人,来来往往,充满着离乡背井的动荡:温州人开发廊,江苏人卖布料,河南人收破烂,湖北人打短工,四川人开餐馆,东北人搞团伙。仁义村的情况,天天都在变,天天都不一样。

在仁义村可居可游,能进能退,城乡好处兼得。10平方米一间的房子月租300元;大江旅社三人间的一个床铺每天15元;温泉洗澡5元,搓背5元,浴足7元;汉中米皮每碗1.5元,花干夹馍带三种小菜1份1元。村中还有性病诊所、堕胎医院、广州老军医、看江湖花柳病的郎中、秦腔戏社、麻将茶园。小周是湖北孝感来的，他替我装修房子时，给我看过一张照片，是在仁义村租住房里拍的。床铺在水泥地板上，煤油炉、锅碗瓢盆、油桶、酱油瓶也都零散地摆在地板上，小周和他当时同居的女友——一个发廊妹，冲着镜头，表情严肃，手指比画出胜利的形状，头顶是晾晒的有些性感的黑色内衣和内裤。小周现在搬出了仁义村，从江西往西安贩运宣纸，在西安倒卖字画，说起在仁义村的那段岁月，就像是在抚摸自己的伤痛。

像仁义村这样的城中村也是媒体炒作的新闻热点、警察们重点关注的对象。西安发生刑事大案，电视上便能看见一群警察，在城乡接合部或城中村里煞有介事地忙前忙后。到城中村里搜寻打探，已经成为警察破案的一条惯例，似乎疑犯就躲藏在密密麻麻的租住屋里。我中学的同学张沧是缉毒警，有一次，我看见他身着便衣，胳肢窝下夹着大款们常拿的小黑皮包，与三两个同事在仁义村里假装着闲逛。张沧与同事说笑的当头，已经开始搜视仁义村街面上的响动。这一切让我看了只想发笑。我走近他身后，在他背上猛击一掌。他先是猛然一惊，随后就在屁股上摸东西，见是老同学的玩笑，便压低嗓音说："正经点！有任务。"然后，就消失在仁义村的人群里。

2003年，关于在仁义村暂住的"三陪小姐"被劫财劫色的报道，我看到过一期。2004年里，我看到过两起。这类案件，多为娱乐场所门口的"摩托客"所为，他们开着摩托送小姐，有的还兼拉皮条，时机、条件合适，便下起了黑手。也有小姐被所养的"小白脸"致害的情况，通常他们之间多数都还是乡党。每到黄昏，这些人在仁义村里才开始了自己的早晨。她们惺忪着睡眼，趿拉着鞋子，袒胸露背地在仁义村里穿过，或在沿街的小食摊上聚堆吃饭，天黑时，便坐上停在仁义村口的一辆辆摩托，开始了新的一天。

仁义村已被周围越来越高的大楼所肢解，只剩下了在高楼围困下的一条狭窄局促的小街，两边是原先的农户翻盖的红砖简易楼，临街的房子都被修成了铺面。街道上随处可见丢弃的废弃物和垃圾，道路雨天泥泞湿滑，晴天烟尘飞扬。这里没有公共卫生设施，半街当中，有一座旱公厕，夏天里臭气熏天，一大清早就排满了如厕的长龙。仁义村是肮脏的，空气里时常弥散着各种各样的异味，这是从村中散落的作坊和窝点里蒸发出来的。这里是另一个世界，一切应有尽有。夏天打这儿经过，站在高台阶上的小男孩，赤身裸体，会对着来往的行人撒尿。油泼面馆的老板娘，不管街上有无行人，撇出锅里的泡沫，扬洒在当街中。村里大概有三家麻将馆，招牌是"老年活动中心"，各色闲杂人等在此相聚，搓麻的声响此起彼伏，大伙经年累月，五分一角地赌着，乐此不疲。这当中，也有民工模样的人物，他们有时也坐庄，后来都成了麻将馆的常客。几个像是仁义村老土著的年轻小伙子，成年在当街中支一台球桌案子，印象中总是光着身子，每打一杆球，便要伸一下懒腰，嘴里还用西安话叨叨着：唉，累成马咧。

在仁义村，秦腔戏社是一个例外，只有那里传出的秦声秦韵能告诉人们：这地方同老西安多少还有关系。每天，赶天黑前，城里的老戏迷，扇着蒲扇，戴着大坨的石头镜，赶到这里，躺在竹椅上，细品着已被解散的秦腔剧团的老旦们的演唱。锣鼓家伙鸣响，梆子敲起，板胡的弦丝悠扬，老者们情绪亢奋，便争先恐后地跑到台中央，吼一嗓子秦腔。接着是一个比一个年轻的青衣，在每一个唱段里都倾诉一番哀伤。戏社的跑堂，这时才开始叫念：李老板，50元，挂红一条。年轻的戏子就将李老板围起来，一番的骚情，娇声细气用瓜子、啤酒、烟茶轮着侍弄。我很小的时候，听过秦腔，是那种秦人在大地上行走时，身体里想要往外喷发的动响，是清正。如今，仁义村戏社里传出的秦腔，是对硬币和铜板的渴望。

去年冬天，我在仁义村口见过田伯，他靠墙坐在一个椅子上晒太阳，口眼歪斜，腿脚直硬，半截身子还不断地抖动着。能看出，田伯已神志不清。面目全非的仁义村，因田伯的迷糊，也将失去记忆。

在仁义村口向东不远处，现在圈起了一块空地，临时搭建了一个大棚，就是现在西安有名的碑林区临时劳务市场，外表上看有些像农贸市场。但是，它比所有的农贸市场都要拥挤，所不同的是，这里没有要出售的物品，只有密密麻麻站立和蹲坐的人群。他们每年正月十五过后，便大批大批聚集在这里，扛着简单的行囊，拿着粗笨的工具，在风雪中等待着雇主的到来，渴望着在这里能够卖掉自己的劳动力和唯一还拥有的时间。只有这些东西，还能值一点钱。许多人已在这里空等了很多天，见到有城里模样的人到此，他们就会团团围上来，不断地将自己的劳动价值贬低，目的是能够尽快得到一个挣钱的机会。在此能够立住脚跟的人们，仁义村就成了最先、最近和最方便的生活、栖身的选择。

这当中，有许多十七八岁的小女孩，她们除了因生活所迫，为自己的家庭分担负担之外，更多地也受到了城市的诱惑。城市让偏僻的山乡变得更加偏僻。让乡村的生活失去了重心。乡村在城市的引力和召唤中已经变得空旷起来，只剩下了老人、孩子和病残。而那些孩子们，一旦长成，也会毫不犹豫地扔掉手里的农具，奔涌向城市。没有人怀疑，进城打工是希望有所改变，但城市带来的对于改变的希望，往往并不意味着希望的结果。城市这个巨大的吸盘，色彩斑斓，充满变幻，又潜藏着凶险。那些十七八岁便离开父母的农村小女孩，在毫无准备的情况下，就要面对生活的根本转变，其中的艰难与辛酸可想而知。仁义村也许算是一个去处吧。但仁义村已经无法容纳下她们。仁义村已经变得太小太小，并且，最终将彻底消亡。

春天纪事

春天在我们那里是随着风飘来的。正月十五刚过,风摇醒南城门楼上的檐铃,城中人便知春天不远了。

在郊外空旷的田野旁行走,已经不像冬日里那样觉得寒冷,手可以从裤兜里伸出来,尽管还刮着风,那风的气息却已带着极其温润的暖意。

柿树在整个冬天的严寒里枝干蜷缩在一起,它们拧弯曲折的形状,收缩着似乎是在保留生命的心力,以待来年的春日。这时候,包括槐树和杨树,都在向天空伸张开枝丫,抖落掉了身上的残叶。贴地的蔓草已苏醒,仿佛是在一夜间,退却枯黄,生出嫩绿的芽子。报春花最先开出黄色的星点,在灰墨的草丛里;柳树也应当是最先知春的植物,先是枝条的皮层呈现出绿色,尔后,翠绿的芽头才从皮层上探伸出来。我身体里的春天,是远远望见城河沿的垂柳周身弥散的淡淡的绿意所生的感受,在近处看,它们的叶瓣尚未露出端倪。柳树身上萌生的气息,让春天里张望的眼睛得到慰藉,如果这时下一阵春雨,我们那里的春天就要比往年提早好些天。

货郎手中摇动的拨浪鼓,是我记忆中和春天紧密联系在一起的东西。

时节在催促勤快的下苦人早早走出家门；他们走在春风里，并且和春风一道游走在大路上。听到货郎声响，城南一带的老户人家就开始了动静。明才他爸有一手绝好的木工手艺，他此时不敢有丝毫怠慢，已经坐在院当中收拾起刨锯、斧锤和墨线，只等天气变暖，雇主定会登门不断。大半年里，明才他爸就吃百家饭，有香的有辣的，直到杨树开始掉叶子，才背着工具和行李回到他家院里。明才他爸是我的启蒙老师，他有板有眼拨弄着自己的工具，叫我知道了做事的规矩。

货郎的背褡里装着孩子们的欣喜，一旦他们跨进我们那条巷子，便被娃娃们团团围住。我把一冬里积攒的牙膏皮和废铜线圈找出来，从货郎手上换下糖块、娃娃哨和放风筝用的线盘，此后的整个春天里，便有了能吸引我的玩具。

春天对西安普通人家还意味着早起。天刚麻麻亮，进城送菜的马蹄声就已经响起。郝鸣的双手在春天里依然肿得像青涩的柿子，他的脸颊通常也有冻伤的红斑，耳垂也被冻烂了，一到春天，那些地方便裂成像刀尖划过的口子，脓水从里面渗出来。郝鸣就用锅灰贴封住脓口，没多久便结成厚厚的一层疤。大约要到五月天里，随着新皮肤长出来，那些痂斑才会退去，此时，郝鸣会双手伸过头顶，不停端详。春天里他又拥有了一双干净、漂亮的小手。

早先在路上我总会遇见郝鸣一家拉着煤车：他哥驾着车辕，他母亲在辕根处的铁环上挂一条绳子，耷拉在肩背上走在前头，郝鸣在后面使力推。我对下苦人劳作的直接感知就是从眼前郝鸣母子开始的。垒满蜂窝煤的架子车，由他们从南门外的煤场，一趟趟送到南院门附近的家家户户。从南门外到南院门往返运煤，加上装卸用去的时间，他们一天能走四趟来回，每趟挣两角五分钱，一天下来就有一元钱的收入，雨雪天里也不间断。

有一年春天，郝鸣开始驾起车辕，后来我才知道，迫于生计和出路，他哥已随着一帮同学上了"三线"，在陕南的大山中修襄渝铁路。这当中，郝鸣还戴过一顶崭新的军帽，估计是他哥带回来的，帽子的内侧用一张报纸叠成的圆圈衬着，从远处看，帽棱子高挺而又齐整，出了南城门，郝鸣就把军帽拿掉，藏在胸前的衣服里。

春天多么美好。经历了长久的期待而郁积下的新鲜渴望，被春天唤醒，在春风里蘖生。春天揭开幔纱，让一种醉人的气息萌生在骨头里。和慕的天气让人浑身痒痒的。我感到自己已经被春天所驯服，皮肉酥松，骨骼脆裂。这是一种幸福的感受，是经历的开始与结束，是痛痒的毁灭形成的美，像黑夜燃烧的火苗，温软地痛着，易逝而又短暂。

郝鸣已经彻底不来学校上学了，他的母亲在春天里换上了一双自己纳的布鞋，脸上蒙着白色的纱布。那个春天来得突然，人们还没有做好准备，郝鸣家的大门便钉上了一块"革命烈属"的牌子，一只木头盒子摆放在他家的箱盖上，裹着黑布。此后，郝鸣便只身拉起了沉重的煤车，开始在西安的大街上奔跑。

如果你在春天里尚未有所改变，或许你的心肠硬冷如铁石一般。春天萌发于心头，激活人身上潜藏的东西，唤醒身体里的安睡。我感到自己对自然授予身体的禀赋反应迟钝，仍然有所不知。在不知不觉享用了时节带来的欢愉之后，如果不知有所感恩，无论如何是说不过去的。人身体一旦拥有了知恩的感情，才算有了灵性。不知从什么时间起，郝鸣家的箱盖上供奉起了佛陀，初一或十五便燃起了香。苦难让郝鸣母子退回到自己的内心里去，只面对佛和自己心灵的宁静。

我们那里的老户人家大多在清明之前去看望埋在地底下的祖宗，顺道还去大雁塔旁的曲江寒窑转一转，新一年的日子就算忙活开了，此后便再不会有什么牵挂和担忧。

我听到"老家"这个词大约也是在春天里。我们家的祖宗埋在乡下老家，每年开春后回去拜跪祖宗是件大事。我的先人清末时由陕北迁到山西，我记得火车开到风陵渡的河岸上就停下不走了，然后，得搭船渡过黄河，再走一程路，才能到永济县境内。先人和老家对我而言是陌生和神秘的。那些埋在地下的人们，我从未见过，站在他们跟前，我知道与他们有一种看不见的联系。我从未见过神灵的存在，但是因为有了祖先，我能来到这个世上就已经是早早约好的事情。人死不能复生，老辈人在世上活过，走过一趟，他们有过想法和念头，信任自己为人处世的道理，对后代有所期待和愿望。这些是不会死的。他们像一道咒符，护佑着我们这些后来人。我感觉到那些不知名的先人在我的生命里存活着，我脑子曾经出现过许多奇怪的想法，相信也本不属于我，是他们在想，有时候我主动做的事情，想必也是在替他们。他们只是弥散在时间的灰烬里，让我无法看见。生命不仅仅存留在具体的个体身上，还是一个薪火相传的时间流程。每一个个体的生命，都属于这个更为宽泛的承续环节的联结点，都是一个时间段里的担当。无数的点，最终才能构成生命的连线。

　　春天在我们那里非常短暂，就像人的生命一样。明才他爸年头上还好好的，嘴里不断念叨着来年有做不完的活计，端阳节没有过，就被人抬送回家，咯血不止，在大暑天里归西了。狗成从小同我在一起玩耍，他什么都好，就是人胆小，身上在春天里生出一些红疹子，有好些时间不去学校。我看见狗成他妈从医院抱回包裹狗成的褥子，知道狗成也紧着赶着走了那条道。生和死一同来到我们那里，活着的、延续的仍然是命。生命在一个人身上结束，在另一个人身上又重新开始，我们那里的人把这叫作传宗接代。人生的事情都像是先前约好的，该怎样就怎样。惊悲和欢喜不耐活，也不必在意。日子还得一天天过，能够受活住日子，便是幸福人。曹伯叔常说这话，他现在也早不在人世了。一转眼工夫，暑热就降临了，大麦杏已经熟黄，成群的麦客从东府一镰刀一镰刀割到了西安南城墙根的麦田里。

我们住的那条街叫小湘子庙街，东头是大湘子庙街，直通着南门盘道的花园。我们去南门不走大湘子庙街，而是绕道南院门、粉巷；大湘子庙街的人到南院门，也不经过我们巷子，直接走德福巷。一条巷子，被中间的湘子庙划开，人们相互间也不来往。我们小湘子的人看不起大湘子的人，不是因为他们不属于西安的老户，也不是因为我们欺生。大湘子因临着南城门的便利，落得了许多地利上的实惠，也不屑于同小湘子的人搭理。一车便宜的新鲜菜，经过大湘子之后到了小湘子，只剩下菜帮子和残叶。两个地方的人曾经共用着一只水龙头，因吃水打过一次群架。建华就是在那个时候出名的，他搂着衣服里藏着的半截城砖，猫腰窜到两伙人群前，跳起照着大湘子为首的人头就是一闷砖，那人撑了几下腰腿便被放翻了，不等我拔出皮带上插的锲子，已经被乱棍打晕。等我站立在马路正当中，人群都已散尽，街道上留下了一层半截的砖头块子。后来，区政府在两地新建了供水管道，两条巷子的人心头的怨恨才算慢慢平息，我也敢从大湘子庙街经过，但衣服里常常都藏着凶器。我弄不清楚这件事情与春天究竟有多大的关系，记忆中大约也是在春天里发生的。

时节是大规律，之后才是人能够做什么。人们按自然的规律打理生活。历史上的十三个王朝，并没有给我们那里留下什么值得称道的东西。我知道诗人杜甫曾经在长安的酒肆笙歌里穿行，但我无法想象更为具体、真实的情境。汉朝的兴盛，现如今已变成废墟；盛唐的唯一见证是一大一小的两个雁塔；明朝将我们那里围成了一座四方城池。历史给人的印象就像是盲人摸象，不是已经摸到的东西，而是认为被摸到的东西。不变的是我们那里人的性格——生愣硬倔。在北京连拉板车的人都有王气，我们西安人相形之下就显得绵软了。帝都是昨日的，朴素生活、厚道为人才是自己的。

在春天，我们巷子里的人仍然是沉默的。晓阳顶替了他爸的工作，就变得跟他爸一样了，整天早出晚归上班，没有一句话，他娶媳妇时穿着一身的确良面料的新军衣，脸上充满着笑意，见了街坊邻居依然不说话。春天里，光明电影院尽是恋爱中的男女，重复着一部老片子，暗地里牵着对方的手，表面上专注着银幕，心里感受着爱情的醉意。郝鸣他哥活着时最大方，他敢于在电影院里正大光明吻女性，一点也不羞怯。

春天提醒人们该做什么，要是谁错过了时机，一年中什么事情都会迟缓半拍。新亮的大姐曾经喜欢上了一个火车司机，由于忸怩，一段美好的姻缘就此了断。在一个早上，一只布谷鸟落在新亮家的大树上，叫了几声，新亮他姐就疯了。我对那个火车司机印象深刻，他是个内向的人，每次到新亮家，手里总拿着一只烧鸡，他离去时的背影，叫我想到伸向远方的铁轨。

生活中的普通人是一些知足者，在平凡简朴的事物中获得幸福。能够领受时节赠予的人的确有福气，同时也懂得生活的真谛。那些看似庸常细碎的东西，需要的是更具智慧的眼力。知道在时间里守候那些恒常的规律，便懂得由此而形成的变化是受之不尽的。最少的耗费，便是最实在的安宁。我在从前能有一顶新军帽已经觉得幸福无比，现在这样的感觉不曾再有，而我又无法说清其中的缘由。也许是我从来就不相信生活中还会有新奇的事情，在春天里回忆春天，就像是我在重新经历所经历过的经历。在春天里，要学会安妥、接纳和重温。

难忘的左手

　　人一生中遇见谁都是因为有缘分。我相信这话。我想，小毛与我的相识，便是冥冥中的一种安排。我同他像是约好的一样，相见之后，就没了彼此的亲疏，也没有要说的话。小毛总是安分地做着自己的事情。我们之间也不需要交流；他干什么，我做什么；他为我做什么，我替他干什么，全凭默契。一块糖，他咬过一半，剩下一半，重新用糖纸包好，放在课桌斗里，我打开糖纸，在嘴里认真地咀嚼着，他看也不看。

　　我至今仍然能感觉到小毛身上那股暗淡甜甜的奶气。他脸上没有胡子，是那种细软的黄色茸毛。30多年了，我一直忘不了小毛。我们中学班里的同学有的都已进了三兆火葬场，有的正春风得意，有的在守着自己度日子，而小毛则依然音讯全无。我在西安的大街小巷里四处搜寻着小毛，我去过枫园所在的那条巷子，枫园已被拆掉了，没有了任何踪迹，那条巷子现在的住户，没有人知道小毛。

　　一茬一茬人就这么不见了。走在西安的大街上，昔日那些个双手执着鸟笼，脑袋剃得锃光瓦亮的老艺们，都销声匿迹了。那些个在夏夜里把躺椅支摆在马路旁的大树下，滋滋润润品壶茶、松松泛泛摇大蒲扇的老玩家们，也都走光了。"文革"时期，那些个憋着劲，鼓着气，在街上扎势，兜圈子的"振西头""盖南门"的刺头，也都不见了。他们在西安城里都风光过，也牛过。而小毛什么都不是，什么也不算是，顶多像个影子，一躲一闪地在西安南城墙一带的巷子里被随意地涂抹了。历史怎么会记住像小毛这么一个内心严重自卑的小人物呢。

　　我忘不了小毛，因为我俩的缘。

　　最初见到小毛是在枫园，他跟在他母亲身后来缴水电费。印象中小毛的母亲像他的姐姐一样年轻，穿一身青蓝的布面大襟上衣，面色忧郁。小毛十分利索地帮他母亲算好账，就一闪一闪随着母亲去了。我在枫园看见小毛时的情况就是这样，他那时候身上就隐隐地带着一股淡淡的奶气，我还从枫园附近的人们看小毛母子经过时的目光里，察觉出一丝丝的异样。

　　小毛的家，在枫园附近的院子里没住多久就搬走了。他的父亲，我见过一次，是个瘦高的白发老头，与小毛母子不住在一起，也很少来看他们。我记得在王老二的杂货铺里，小毛的父亲牵着小毛的手，来给小毛买水果糖。小毛特别高兴，还给他父亲介绍我说：爸，这是咱巷子的大头。

　　小毛父亲铁青的面容，叫我心里感觉发冷……

　　小毛有两个同父异母的哥哥，与小毛母亲的年龄看上去相差不多。有一次，我看见他们站在小毛家院子大门外的马路旁与小毛的妈在说话，这时候，小毛跨过他家院子的门槛，走出来，远远就低下了头，冲着那俩人站的地方叫了一声哥，那俩人没看小毛，也没有作声。此后，小毛家就从枫园那条巷子搬走了。那时候，我母亲对我说过，小毛的爸旧社会是国民党西安警备司令部的大官，被镇压过。小毛的妈是他爸的小老婆。小毛得过小儿麻痹，腿脚不好，在巷子里玩时，要多照顾些小毛。

　　再次见到小毛是上中学以后的事了，我俩被分在同一班。他见我还假装着不认识，跟班里的一个女生坐在一起，后来那女生告诉老师，小毛臭，爱放屁，要求调换座位。小毛就和李钢坐同一张桌子。李钢天天打小毛。一条凳子，小毛常常只能坐八分之一，李钢一起身，小毛就摔一跤。无奈，小毛只好向老师要求同我坐同桌。

多年不见，小毛还是生得文文静静、白白细细。同桌两年，很少听他讲话，也不同班里的同学搅和在一起。他上课总是专心致志听讲，作业做得整整齐齐，替我写的练习，随便涂鸦的字，也比我认真写的漂亮。要不是他在班里的成绩总是第一，没人会想起同学中还有一个叫小毛的。课间休息时，班里的男生多数聚集在厕所里抽烟，女生一般在教室外头跳皮筋，小毛由于一条腿残疾，常常独自待在教室里，不知道在做什么。小毛从来没上过体育课。

跟小毛同桌印象深刻的地方，就是他内心的自卑。他写作业的时候，不得已才将右手伸出来，放在桌子上，紧靠我的那只左手，一直藏在他的裤兜里，连我也没见过。那只伸出用来写字的手，像鸡爪子一样的丑陋，颜色蜡黄，充满着病态，长而细的指头，更是显得有气无力。每当我仔细打量小毛那只机械地用来写字的右手，他就像触电一样立刻就会将它收缩回去，脸上泛起一块暗红的斑，像是做错了什么事情。

在学校里打群架，钻防空洞，上城墙、下城河，这些事情没有小毛的份，他唯一能和班里男同学在一起玩的地方就是大操场的篮球杆旁边。全班男生一起上去打篮球，小毛坐在场边为大伙看衣服。有几次我留意过场下的小毛，他居然能把自己的那条跛腿盘起来，席地而坐，伸出双手，巴掌拍得叭叭地，嗷嗷地使劲呐喊着，像个快乐的孩子。

就是在篮球场边，那个秋天黄昏里发生的事情，让我无法想象：这不可能，根本不可能。应该是李钢、毛头，或者是老二干的，要算也该算在我头上。全班每一个男生都逃脱不掉，也轮不到小毛，但这次偏偏正是小毛。

后来的情况同往常大致一样。同学们打完篮球，去操场东边的自来水管子旁洗脸，小毛搂抱着一大堆衣服被落在了后面，一瘸一拐地紧忙着赶大家。那天不同的是，小毛的手里还替李钢拿着刀。此前，小毛还问过李钢，整天带着一把刀要做什么。李钢根本就不理睬他。

等到小毛走近大伙，一切都已结束，全班男生面前，站着高二整天穿着将校呢的军生。大伙都不说话，全都低下了头。小毛那时只是挤过了人群，想要看个究竟，然后，顺手抬起李钢的刀，朝着将校呢的上衣口袋，扎了两下。喷射而出的热血，像猛然打开的高压水龙头，吓得小毛当场昏死了过去。

公审小毛就在我们学校。那天我早早就坐在操场对面主席台的前排，逐字逐句听着公安机关对小毛的宣判。押送小毛的警车停在操场边民兵小分队的办公室前，从门缝里望进去，能看见小毛在和学校工宣队的老师傅聊天，头上戴了一顶新军帽，比过去显得老成了许多。而现在他已被用粗绳五花大绑着，拎到了台前。我就蹲在小毛面前，在不远处同他面对面。老师介绍了小毛在学校两年多的表现，接着就是对小毛犯罪情节的阐述和罪行的宣判，有人还在喇叭里，带头高呼打倒马小毛的口号。整个过程中，小毛一直都紧闭着两眼，只是最后被两人押走的瞬间，才朝我回过了头。背过身去的小毛，这时才向我伸出了他的左手，方向朝下，有三根断指，就那么翘起了几下。

小毛用他的断指与我打招呼的同时，已被几个警察塞进了警车。人群中，我恍恍惚惚觉着，那天要是我在现场，蹲在局子里的，绝不会是小毛。

1975年的琴声

一

　　琴声响起，露出败损的城砖和青草，撞开黑漆的大门，摇落满树的枯枝败叶。我的灵魂在琴声里只剩下残垣断壁，长安日出日落，我的身体内早已满是落叶。琴声源自我的身体，像血液四溢流布，与我的举手投足息息相关。在琴声里，我看见早已逝去的母亲，她正弯曲着身子在地上洗一大木盆的衣服。我狼狈的样子、落魄的样子、轻飘飘混着的样子，她全都看得清清楚楚。而她脸上没有丝毫责备的表情，只是赶忙直起身子，在灶台上为我收拾吃的东西。

　　我是一个内心有愧的人。面对母亲的辛苦、想法和期待，我仍然不能像她希望的那样做人，只是随心所欲地甘愿下沉，在大街上飘。琴声让我时常想到自己虚度的光阴，让我在梦一样的生活里幡然苏醒。

　　这是贾克的琴声。他骄傲地站立在西安的城墙头上，整个天空都是他的背景，夕阳为他伸展着幕布。琴声戛然而止。琴声再次响起。若有若无，断断续续。马路两旁的枫树在初冬的寒霜里愈显得色浓红重。

二

我时常想起邻居贾克。我闭上眼睛也能看见他骑在一辆只有轮子和梁架的小坤车上,左手搭着车把,右手插在裤兜里,腋下夹着一只黑色的小提琴盒子。他像风一样从我脸前掠过,白色的拉毛围巾微微从他脖颈上垂下来,在他胸前和背后来回晃动着;黑呢短大衣的一角,被风吹得已经敞开,从背后看过去,像是在对正在马路两旁观看他的街坊邻居招呼再见。这时候,我正担着比我身体还要沉重的两只水桶朝家走。贾克在靠近我的地方,放慢了车速,把一只手抽出来,指尖在半空中上下跳动着,装出一副专心致志、谁也没瞧见的样子。

那年月,他比我们谁都玩得好。年纪虽小,已经像一根老油条了。什么都懂,什么都会。1975年的贾克正如鱼得水。

他扎的是另一种势,这会令他所有的邻居,看上去都像是土气的农民。他把一种高贵的情调、傲慢的态度、优雅的举止带到了我们那条巷子。想象着被他夹在胳肢窝下的盒子里放置的东西,经由他手指的拨弄,会幻化出极其美妙动人的声音,我的自我感觉除了惭愧,再就是清醒不过的觉着自己还像个罪犯。贾克让我明白,拳头不光是用来打架的,它伸展开来,可以弹奏出乐曲。知晓了这些道理,我已经虚度完了自己的少年时光。我明白,自己还没有成人已经残废了。是贾克随身携带的盒子里暗藏的东西,击中了我,也毁了我,让我在1975年像一个罪犯一样活着。

贾克是1975年初冬我们那条巷子里的风景。他仰头,谁也不睬,从街坊邻居中间穿过,风一样轻松自由地飘到城外陕西歌舞团大院练琴。他经过之后,遮天蔽日的枫叶才哗哗啦啦落下。

我认得贾克夹在腋下的东西,我在电影《红色娘子军》里听见过它发出的声音,与我在大街上听到的破锣烂鼓声完全不同。它婉约清幽,像落在舌尖上的薄雪；凄迷朦胧，如贴在眼睫上的雾霜。在此之前，巷子里与我一般大的孩子，只知道胳肢窝下能藏一块用来打架的城砖。

1975年的贾克是个胜利者，黑色的盒子是最好的证明。尽管我没有听见过他的琴声，这又有何妨。这当中我能看见的是自己的失败。我什么都不会，什么都没有，只剩下左手和右手。贾克至少手中还握着东西，他从我们巷子里十分招摇地经过，那神情和姿态，就像是去投奔真理、理想和光明。我们巷子的马路像是为他而铺设的，对他而言，脚踩的马路是征途，在我看来已成了归路。

我已经不再逃学，不打架，不抽烟，不上城墙，不到城河里游泳，不去环城林的苹果园偷果子，我甚至开始学贾克走路的姿势，有时也像他一样看见别人，假装没瞧见，目空一切地走着，右手的五个指头，不断在空里上下活动着，像是正在摆弄什么东西。但我仍然有除去不掉的罪恶感，觉得自己还是像个罪犯，这全是因为我有个叫贾克的邻居，还差不多与我一般大小。他太纯粹，太完美，会弹琴，从不打架，不同巷子里的人们厮混，脑子里没有坏想法。街坊邻里都说他像电影《青春之歌》里的"五四"青年。

三

从我跨进中学校大门的那天起，我的意识和身体里已经开始出现了一种萌动的东西。它们随着血液在我全身流动着。有时，我感到我身体里暗藏着一匹脱缰的野马，总有一天会失去控制，踏碎我的肉身。这种感受如此深刻，又无法看清，不能言喻。这是残雪对花蕊的摧折；是挫败；是另一种对心灵的深刻伤害；是宿命，就像我的胎记，挥之不去。我曾经不止一次梦见，贾克的琴声在我少年时代的天空下低回，从此，我便过上了狼狈不堪的日子。

让我危机四伏、心绪不安的另一个原因是贾克要去练琴的地方——陕歌大院。那是唯一叫我神往的地方。想象着那里头尽是漂亮的女人，我会变得出奇安静、恭顺和友善。最终将我不断击倒、打败的不单单是贾克的琴声，还包括让我感到自卑的陕歌大院和里边的男男女女。确切地讲，是贾克和他拉琴的地方，泯灭了我对自己的信任，叫我觉得自己不成样子，老是跟自己过不去。我再清楚不过那地方了。有几次我逮蛐蛐溜进那里，扒在有暖气的玻璃窗上，偷看那里的人练功。他们有的能在地上打旋，还能在腾空而起的同时，在半空中打开双腿双臂或身体的全部，最后，弯曲成弓的形状，才慢慢落地。在我看来，陕歌大院距离我们巷子里的生活太远。那里的人们多数都活在当时的电影里：女的大多皮肤白嫩，身材苗条，要么像柯湘，要么像吴琼华，差一点的也像李铁梅；男的怎么看都像党代表洪常青。陕歌大院把电影里的英雄偶像活化成了现实生活，摆在了我的跟前。而贾克就在那里进进出出，大摇大摆，还在他们中间自豪而又骄傲地拉琴，同他们说长道短，甚至称兄道弟。我的生活就此开始，任人摆布。

我常常坐在城墙上，一个人苦思冥想，凝视着天空飞来飞去的鸽子，不愿把眼光移开。鸽子多么自由，多么慈祥，它们在空中划过的哨声，就像我脑海里时常出现过的贾克的琴音。洁白的鸽子就像陕歌大院的女人。在那里，与她们一同行走，便可以直接到天堂。

四

1975年对我个人而言是一道坎，是我人生的转折。我已经进了中学，也感到生活与从前已大不一样。我的年龄和家境不容我自流放任：母亲比以前显得更加衰老，而我一天一天在长高。在街上闲逛的日子就此打住了，内心里有贾克的琴声暗示，我开始为自己今后的人生谋划和打算。这时候，整个国家也大致上开始如梦方醒，街头上明显少了不良青年的影子。折腾了大约十年，人们大概已经疲惫，没有了大的"运动"场面，没有了武斗和游行，一时间，西安反倒有些清冷。

我每天横穿过南大街，到书院门的五中去上学，晚上回到家里，也不再出门，读读书，温习温习自己的功课。我母亲眉头的愁云也少了许多。这当中，家里有门路的人都因这样或那样的原因当了小兵，为自己的将来打通了道路。有两次空军来我们学校招人，我都在第一关目测的时候就被刷掉了，理由是我脑门上的刀疤，会在升空后崩裂、血流满面。

打消了当兵的念头，我只能像大多数同学一样待在学校里学习。又有一些同学顶替了父母的工作，离开了学校，反倒让我觉得学习更安生了。在学校的操场和厕所里，我碰到过贾克，手中拿着几本大书，与我匆匆照面就过去了。我心里想，贾克按理不应待在学校，照他的身手，此刻应当在某个部队的文工团里拉琴，最差也该进陕歌乐团，那儿才是他的地盘。

五

从小学到中学，我上过的课程都没有正规的课本，有些功课，学期过了大半，也没有见到教材的影儿。我得承认，在学习上我的第一口奶没有吃好，根子不正，路子不对。虽然学校的风气较之从前有了改善，但怎么学、学什么仍是个问题。明面上看着同学们都一天两趟、一日三餐地上学和吃饭，私底下却在传看着各类手抄本的小说。我平生从头至尾读完的第一本小说是手抄的《少女的心》，是贾克拿给我的，他像一个教唆犯，以命令的口气让我读读那本书，然后头也不回就走了，从此我便跟着他又上了文学的贼船。《少女的心》在当时算是黄色书刊之列，属违禁，但阅读它的过程却历历在目：我得偷着、藏着、掖着。在夜深人静时，提心吊胆着，给那书包上一个封皮，生怕被老师和父母发现。贾克叫我一开始就对小说心怀叵测、居心不仁、动机不良。

《艳阳天》也被贾克拿来当黄书看，凡是涉及主人翁与异性接触的文字，全被他用毛笔勾画出来。贾克告诉我，只看已经勾画过的部分，其余的就往那上面想。《钢铁是怎样炼成的》也是我的最爱。因为有保尔和冬妮娅在上边恋爱，我们班的同学竞相争看，胡乱想象，最后，班里男女同学间成了6对，6对中途又离了3对。

1975年后，西安街头的群殴事件渐稀，读小说成了我"阅览"此等事情的替代品，就此，我也算是个爱读书的人了。怀着那个年代一个男孩应当有的想法，小说除了热闹、刺激之外，在里边还可以意淫，有供人幻想的空间。小说的虚构性质让人觉得在读它的过程中，没有什么事是不可以的。想什么，有什么。这一点符合我骨子里的自由天性。

自从黄色小说上手，班里的许多同学整天装得学习刻苦努力，像个劳模似的，实则满脑子的男盗女娼，荒废着学业。贾克要的就是这个结果，他搜罗各种手抄本，让大伙儿形成阅读上的习惯，见到不论什么书，先寻找其中的黄色段落，养成了这样的胃口，到最后你猜怎么样，我们这帮喜欢课外书的同学，到最后全奔上看花带这条道了。而这当中，贾克正在一旁没事偷着乐。

##

1979年的高考，是我走投无路时身背后能靠的那面墙。我已经没了退路，假如没后面的墙撑着，我就彻底完蛋了。

三天的考试下来，脑子里一片空白，像是完全把自己丢失了。我跑到离考场不远的新丰公园，直挺挺躺在草坪的中央，动也不动，想大哭一场。四年的时间，由于邻居贾克的琴声，自己开始发狠用功学习吃苦，倘若再考不上学，就真的没脸见终日为我操劳的母亲了。我知道母亲希望我做个好人，能养活了自己，不在外边惹祸。若是我连这一点小小的心愿都满足不了母亲，我活着还有什么意思。我这样想着，心里愈发难过。

贾克这时候叼着烟，晃晃悠悠朝我这边走过来了，他躺在我旁边，甩过一支"大中华"，嘴里开始叨叨：

"考臭了，是吧？"

"说不清。"

"我他妈全不会，但是全答了。"

"那可好！"

"你会拉琴，就是考不好也有出路；我差不多算是没指望了。"

"谁家的琴，我是在蒙事。哪有琴，是空盒子。我到陕歌大院是吊一个女孩。"

"这不来了吗？"

我看见四班的一个女孩正朝这里走过来，贾克起身迎上去，挎着那女孩的胳膊，大摇大摆地走了，还咯咯地笑个不停。

我心想，贾克你小子牛。你他妈的那个破琴声，坑我，一坑就是四年。

七

这些都是往事，贾克也已多年不见，但我耳际里还会响起琴声。

贾克的琴声，让我时常想到，对于这座城市，这个生活的世界，自己究竟知道些什么呢？

一把子虚乌有的小提琴和它的声音，曾经清晰地呈现出来。我不曾怀疑过它的存在，我确信它和它的声音真实地存在着。而它是以虚构的方式显现，愈显得比真实还要真实。我们生活的这个世界和它的人事，有时也许就是由真实和虚构共同组成的。我们往往信任它的虚构甚于它的真实，比如贾克和他的琴声，在我现在看来仍然都是真实的记忆。我已经习惯了这种虚假的真实，而当面对真实的存在，已经麻木不仁、手足无措。

这当中，谁要问我信任是什么，我会明白地回答，是傻逼。

母亲的病

从我懂事起,便知道了母亲的病。我的懂事与母亲的病是一同进入我记忆的。尽管早先对于病的理解模糊,但它之于人的危害却是再清晰不过了。在我目力所及的地方,比如灶台、桌子上,可见一包包用来为母亲治病的中药,还有用来熬药的砂锅、滤药的细铁网笼等专用的器具。我知道病对于母亲和我们家都是一个必须面对的问题。

我的担忧、牵挂与惦念,也同母亲的病无法分开。母亲的病像一块低沉的阴云,就漂浮在我童年的头顶,让我时常处在孤独和忧郁之中。

在西安20世纪70年代初期的夏日黄昏,有一种孤独的味道只属于我一个人。在我与邻居伙伴在城河或城外狂喜地玩完一天之后,靠近我家住的院子附近,空气中熬中药散发出的味儿便愈益浓烈。这样的味道我再熟悉不过,它从黄昏到早晨一直都萦绕着我。我立刻会从先前的高兴与快乐状态回到自己的焦虑当中。那样一种奇特的味道,在西安南部的天空呈现得尤为独特,它们像无声的钟鸣,让我清醒地回到自己所要面对的境况。在这样一种神奇的气息中,我每次都不得不低下头,任它所具有的魔力,将我拉回到自己的担忧中。

我的期待,也缘于母亲的病痛。坐在小学的课堂里,常常会想到母亲的病，心里总是盼望她的病快快能好。我童年里要做的一件事情，便是自己独自跑到城墙上，面对着南山，心里默默祈求冥冥之中的上苍，保佑母亲的身体能够早日安康。只有这样，才能抚慰我或减轻我的心理压力。

在我没有上学前，母亲带我去得最多的地方是医院而不是公园。疾病这个对人体来讲最可怕的东西，是我的启蒙教育。在医院里，随处可见在其以外根本无法看见的东西。医院在和平美好的日子里，隐匿着一种不易察觉的绝望。在医院一切从绝望开始才有可能从中走出。如若仅仅重合于其中的绝望，就此便会迷失于其中。

没有看不见的病，只有治不好的人。这便是医院的铁律。在其之下，人们在那里寻医问药，进进出出。我从小就对医院怀有疑惑。对于疾病的救治，医院从来就不可能变得充足与完备。

我对西安南部甚至更远地方的医院熟悉的程度远超那些地方的公园。南院门医院，位于当时的公社（现如今叫街道办事处）与银行之间，类似现在的社区医院。坐北朝南，正门直面大车家巷口，离我们家距离最近，只需从我们家向西走过大车家巷，就能在15分钟内赶到。母亲心口痛得突然，最方便去的就是南院门医院。在南院门医院向东不远的粉巷口，是西安市第一人民医院，通常母亲感到病情加重或不见减缓时，才去第一人民医院。南院门医院虽小，但中西医合科，情况混杂，没有医院特殊的气息，也没有住院的病人。第一人民医院夏天的来苏水气味刺鼻，冬天洗衣房的蒸汽特别浓烈。我在上小学前随母亲到南院门医院的次数最多，上小学后，去第一人民医院看病才多了起来。

或许是由于我母亲的家族中有过近亲婚姻的缘故吧，到我母亲身上，自小就患上了一种先天性心血管狭窄，心脏瓣膜畸形和心肌缺血的病症。在她年轻的时候，这种病还拿不住她，只是在劳累和情绪紧张时发作，随着年岁的增加，母亲犯病的时间间隔越来越短，程度更加严重。从最初的胸口憋闷、疼痛难耐、呼吸急促，到最后形成心衰，已无力支撑住自己身体的呼吸了。

"文革"初期，我父亲被下放到农村劳动，母亲带着我们四个孩子在西安。有一度父亲的工资被扣发，我们一家靠变卖母亲结婚时的陪嫁过日子。到后来再也无法维持住一家的生计，母亲便不得不到一家街道工厂做工，她除了操持我们四个孩子的吃穿用度、照料我们的生活外，当时还兼做我们那条街道居委会的工作（母亲在中华人民共和国成立后随父亲到西安，一直义务做着我们那条街区居委会的工作）。那时候，母亲每天天不亮起床，准备好家里一天的吃用后，便到街道工厂上班。晚上回到家，忙完家里的事情，又同居委会的大妈去巷子里巡逻，帮助调解邻里间的纠纷，为巷子里的孤寡老人服务。"文革"时，学生大"串联"，母亲还同居委会的其他人一道，每天黄昏后在巷口迎接由解放牌汽车运来的"串联"学生，将他们安排在巷子的各家各户休息；领着我提上两只大暖水瓶，逐一查看各位学生的住宿情况。第二天清早，再将他们送上卡车，自己才去上班。

那段时间里，我父亲家的亲戚和乡村的邻里到西安来看病和办其他事情，我们家就是接待站，我母亲还得照管这方面的事情。乡亲中许多人根本没有钱看病，母亲晚上通常领上我，带上那些老家的人，到我父亲认识的一些老中医家登门求医。那个时候，西安有名的中医，包括沈万白、杨洁尘、贾坤、赵书全的家，我都随母亲去过，而母亲为了不给别人添更多的麻烦，在这些医生面前，从来不提自己的病。

母亲心脏犯病多数都自己扛着。心口痛得实在受不了，就吃两片止痛片，脸色白得吓人，豆大的汗珠从头顶往下淌，情况十分可怕，母亲却从不作声。

母亲所经历的每一次病痛，在我都像是遭受电击一样。她的痛，比我的痛还要更加疼痛。我不得不带着这样一种比心灵之痛还要更加复杂的感受，度过自己的童年。

　　1968年下半年，我在每天下午3点半放学后，比其他孩子还要多做的一件事情，便是为母亲买药或取药。南院门医院中药房的药剂师，通常在药配齐后，会用浓重的南方口音呼叫患者的名字，告诉对方可以取拿了。我常常就夹杂在那样一群等待拿药的病人中间，他们带着各自的病和各自的想法，在南院门医院里聚散。前天，我还在梦中又听见了那声音，只是仍然无法弄清，它是来自南方哪个地区。

　　在第一人民医院取药，一切都非常安静。我每次去的时候，药房窗前的高台阶前，已经很少有人，只有一捆一捆的药包，任由患者自己辨认领取。我得踮起脚，从中寻找出写有我母亲名字的药包。我在没有学习识字之前，就已经认得母亲的名字。

　　西安城南的中药店，在那个时候都被我跑遍了。有时候，为了一味缺药，我得从五味什字的藻露堂，跑到竹笆市的达仁堂，按照药味和剂量的要求配好，再从达仁堂赶回藻露堂，补齐所缺的种类，然后赶回家，将其中的一包在药锅里泡好，放在炉子上用武火煎开，再用文火慢慢熬，为的是母亲尽早能喝上。记得有一次，大概是在过旧历年前，母亲在床上躺了整整一天，我放学后，为母亲取回药，在她的床前，为她端上了一碗热腾腾的药汤。母亲接过碗，没有立即喝下，只是背过身子了好一会儿。我也不敢看一眼母亲。我相信那一刻母亲流泪了，也是我记忆中唯一的一次。

　　我身体里的痛，最初就源自母亲的病。我最早对于生活世界的获知，更多来自医院和旧的中药铺通往回家的路上。我心中的希望和祈愿，是在每一次为母亲取回药，奔向归家的途中升起的，包括我成年后，每一次送母亲去医院，再将她接回家的过程，心中的希望从未幻灭过。每一次的希望愈急迫，回过头来所遭受的失望与挫败感也愈深重。母亲的病，让我过早地深陷人生的悖论当中，让我的童年，从一开始就处在生命的规则无法化解的存在之谜中。

我常常身不由己地想到死亡，想到自己根本无法想象的事情。那样一种藏匿在生命尽头不可言喻又真实存在的境况，是我的想象不能穿越之地。我与母亲，都共同拥有这一否定所带来的绝对虚空的时间。它在我们身体之中，又外在于我们的目力不能及之处。母亲的病诱发的对于死亡的想象，是一个不确定的过程，有一个必然的结局中，却无法预料任何的必然性。在我看来，任何时候、任何事情，都有可能随时随地发生。而在这之后，才有可能谈到个人做何反应。你可以随时随地采取抗争，你也可以等待或消沉。你也许会恐惧，但最终，你能依靠的，是你必须首先成为自己，然后才是你对于所有一切的承受。

恐惧、无力感、绝望、伤痛的合谋作用，让我对于自己的感知产生了倒错。当我在童年里，以一个孩子的面孔出现在一群衰老的病人中间，没有人知道我的老成，而在成年后，我的多愁善感，我的意想与随意的性格中所藏的孩子气，也是我的同辈难以察觉的。我清楚地感到，在我的身体里，驻留的人不止我一个，从中所见的我自己，也不只是单一具体的个体意义上的自己。我从生下来，到我懂事，知道了母亲所生的病之后，我就有了自己的化身。

前些天，我回到了母亲曾经居住过的房子，在角落里又看见了母亲用过的药锅，上面已布满了灰尘。我用手在它的表面摁了几下，我看见自己的指纹清晰地印在了上面。有些事情，我是想尽力忘记的，包括母亲的病，我总是不愿提及，生怕勾起自己的伤痛。但凡事情经过或拥有了，就不可能消失得无影无踪，它们最终都会留下痕迹，叫人挥之不去。这些或许还是我时常心头怀有一种罪感的原因吧！一旦想到母亲与生俱来的疾病，没有办法根除，我立刻就会从一种状态，进入另一种状态，无法排解内心的忧郁。

我的母亲生在旧社会，曾经缠过脚，后来又放开了。她的鞋子，比裹脚的人大一些，又比正常人的小。童年里，每天晚上回到家，只要在母亲的房里看见她的鞋子摆放在床前，一定是她的心脏病又犯了。那样的情况，我是不敢走上前去的。我会躲在隔壁的房间，直到母亲心口的痛舒缓下来。每一次的心痛，母亲都是独自躺在床上硬扛着，等到她叫我为她倒一杯水时，我才敢去到她的床前，知道她的情况稍好了一些。

疾病所造成的恐惧与危害，并不只存在于它可见的形式中。它在人的血肉里爆发，在不可见的精神领域不断投射影响。真正可怕的不是病，而是它的不可预期，难以把握的变化。它的意外，它的独特，它所造成的无法辨别的漆黑的暗夜感，比病本身更为恐怖。

就这样，我在母亲所经历的病痛中长大了。我的母亲，也在她的病痛中活到69岁。每个人的生命、死亡或所得的病，都是诸种生命、死亡和病的一种。人生快乐也罢，痛苦也罢，都不可能是完整的。我的母亲是在对自己病痛的承受中死去的。而有的人，在得病之后，根本没有机会与自己的病相抗争，便死去了。

2000年母亲的逝去，距今快15年了。15年前就像是昨天。母亲的病，还是她的病。我的心情也还是同样的心情。现在它们被我用来证明曾经有过的一段时间。也许对别人来讲，那样一段时间毫无意义。正是在这一点上，母亲的病，给予我所拥有的那一段时光以内容。

钟楼邮局

在西安，真正能够为这座古城带来现代气息并使它与农业文明的衰落余晖相脱离的建筑，恐怕只有电报大楼与钟楼邮局了。从建筑的角度看，它们既是开端，又代表着一种终结。并非在此之前没有可称道的新建筑诞生，但是，从材料、体量和位置等方面看，它们都无法同钟楼邮局相匹敌。钟楼邮局坐落在西安明城的中心，占据着作为城市中心标志的钟楼东北方向极重要的空间，并且是由水泥钢筋和玻璃门窗组成主体的结构框架和外表。它的设计建造者似乎从一开始就是要使这座建筑能够与它旁边的钟楼相并立，能够相互呼应，让新与旧这两种东西具有交相辉映的资格，并使它们对立形成的反射，为这座古城带来一种活力。

钟楼邮局惊人之处和新颖的地方在于：它没有打破它周围环境早已形成的传统文化格局。它是在以往的树木之上生出的新枝丫，是旧东西的魅力在新的时代当中的解放。为了在东北方位配合钟楼这座明代遗存的建筑，同时还要参照不远处另一座明代格式的鼓楼的存在，钟楼邮局从东向北旋转，形成了"弓"字形的对于前两座建筑的烘托。在前两座建筑附近，在对旧的东西的反射中，钟楼邮局一点也不过分，丝毫也不勉强，恰当地与它旁边另两座重要的建筑形成彼此的空间组合。包括同更远处的城墙和四座城门相比较，在二十世纪六七十年代的西安城上空，它们都能够融合在一起，组成由地面伸向天空的支撑。

从钟楼邮局建成之日起，便形成了对于它附近另两座伟大的建筑观看的最佳视角；无论是在行走当中，或是驻足停留，钟楼邮局和它前面的小广场，都获得了一个新的视角。这样的视角本身也是新对旧的一种观看——当下对于以往历史的一种观看。钟楼邮局让在它之上与在它前面经过的任何一个人都具有这样一种看和参与的权利。而在它之前，人们只能在旧的物体上看见另一件旧的物体。无论任何时代的建筑，如果不具备带动它周围的人群参与到对于因它而改变的新空间的想象中，那么，这样的建筑注定会没有生命力。这也是为什么钟楼邮局现在仍然看着像是崭新的一样的原因。

在当今，许多邮局很快就已经销声匿迹了，而钟楼邮局依在。现代通信技术还不足以将已变成历史的钟楼邮局取消；它门口仍然伫立的一人多高的邮箱，依然代表着深厚的人情和人际关系，即使单纯从物的角度看，它们之中都饱含着时间的信息与历史的价值，人们不会将这种代表着几个时代的重要设施或物品轻易从生活中拿掉，并且至今还有许多人依然沿用着手写信函这种古老的通讯方式。另外，钟楼邮局也是西安邮政的中心枢纽，它不可能被其他的东西所取代。邮差和邮局在那个年代的重要性不言而喻，对这个职业的尊敬，至今在人们的心目中还延续。更为重要的是，建筑应当是对人性的一种呼应。而钟楼邮局从作为建筑和所担当的角色功能来讲，都超出人性框架的范围。这也是它留存至今的原因所在。

钟楼邮局直接参与了西安的街头生活景象。在20世纪60年代末期，每到下午2点左右，从它大门飞泻而出的邮差，骑着墨绿的自行车，身着墨绿的制服，像大坝放闸的潮水一样，很快就流遍了西安的大街小巷。这足以说明，钟楼邮局所具有的构成西安当时生活和社会场景的巨大能量。流动的墨绿色，从它当中释放出来，也构成了平和安乐的祝愿和安慰。这一切都是钟楼邮局这部机器的功能所产生的作用。从甲地到乙地的信息传递，由一个人手上到另一个人手上的邮件旅行，经由它的中转、分拣、投递之后，才成为一种现实可能。

钟楼邮局不单是一座孤立的建筑，还是一处场所。一楼大厅作为一个办理邮政业务的空间一直延伸到大门以外，与它楼体紧密相连的门前广场空地，像是它的附属部分，又使它作为场所的价值和意义进一步得到扩展和变化：那里是另一处人流聚集地，是钟楼邮局内部场所的外围；与此同时，钟楼邮局的建筑本身，又在美化和召唤人群在它外围的汇聚，并且自然而然地为他们提供场所的便利。它是一处完全开放之地，在钟楼邮局前面的广场，你可以随时停下来，也可以随时走开。它属于一处完全自由的场所，许多人置身其中，往往不愿轻易就离开。因为邮局已经是一件现代艺术品了，并且就存在于公众的日常生活。比如一些邮票的交换、诉讼和离婚书的代理、许多过去年代票证的互换，一度都依托于它的外围空间。一种既是生活又是文化的大众艺术，在它的周围便自然形成了。

钟楼邮局同时还是一个梦想的平台。对于包括我在内的中学生，在20世纪70年代中期都有过在它周围寻找自己青春之梦的特殊经历：那是一种最初出于对异性身体的好奇，随后便想找到出于这样的好奇所需的对象，接着便是与对象间的各种幻想的过程与结果。钟楼邮局前面广场的空地，提供了足够多的人流，提供了可供中学生想象的场景和面孔，以及身体与表情。许多人正是在此将恋母的情结转移到了别处，也正是在这里，他们看见了陌生的女人。

我喜欢钟楼邮局在过去年代所散发出的气息。而现在，它似乎已进入自己的暮年，回缩到自己的躯体当中，像一个立于闹市之中的"隐士"。对于我，钟楼邮局一直都是划分故乡西安日常生活地理的界标，以此用来区隔以家为圆心的地域，确认钟楼邮局以东或以北的地方，属于陌生的区域，并在这样的基础上不断向外扩张，一直到我完全熟悉了整个西安城区，了解了它的街道，哪些在回家的路程中更为便捷，哪些不宜涉足。

夏天傍晚时分的红云，时常会漫过钟楼邮局上空的天际。这是我所独自拥有的、对于所生活的城市建立起亲切感的萌芽。我那会儿随父亲散步，会走过钟楼邮局面前的广场，也时常能看见它上空由西向东散漫着的红云。那个时候，西安城市生活的节奏非常缓慢，那些天际之云同大街上走过的人群一样安详。从那时候起，我便有一种古怪的想法，一厢情愿地认为：幸福都是在缓慢的过程中才会享有的。一旦飞起来，便无暇顾及日常拥有的细微之处；这或许也是我现在所感到的生活节奏加快而幸福感减少的原因之一吧。

钟楼邮局所具有的奇特魅力，或许在它的建造者看来也始料未及。它门前的宣传栏，一度成为西安当时最著名的一些画家和书法家展示艺术工具化效应的大舞台。

我那会儿刚过10岁，每次都要随着同院的潘阳去钟楼邮局前看热闹。潘阳是一位书法爱好者，熟知那些艺术家擅长的技艺。我自己早期对于中国书法和绘画的了解不是在距钟楼不远的碑林当中获得的，而是通过钟楼邮局前的大字报、"最高指示"和被批判的人物的艺术再现，初识了其中的奥秘。

钟楼邮局还是一个暴力和武斗的场所。我曾经多次爬到了它门前的树上，目睹了一场场残酷斗殴的激烈状况；脑门被城砖拍过，血流出来，人倒下的样子，至今历历在目；铁棍抡起，带过的急风，令人胆寒，能灭掉人群中的一大片。人性凶残的一面，政治狂热的一面，钟楼邮局都可以作为见证。它是人间风雨的晴雨表。

在今天这样一个商业化的时代，钟楼邮局昔日的众多功用与角色担当，都已不复存在。它的外表，在商业的浮华面前，也似乎退回到比它诞生的年代还要久远的历史当中。它的颜色给人的感觉，几近于时间给人的感觉；许多美好，只能流进与它有情感之缘的人们的记忆。在今天，它依然可以代表某些年代，但绝不可能再独占鳌头。现代化所塑造的快速度，使一切都变得极为短暂了，不可能在一个非常长的时间段里，只保留一个像它那样的建筑中心与生活中心。今天，类似的中心，只要符合商业利益的需要，在一夜之间，便可以建成许多个，因而也就再也不会出现像它那样的中心了。正是由于利益的使然，钟楼邮局作为建筑本身，也部分地被挪作他用，它一楼大厅左边的一部分被用来从事银行储蓄，右边部分拿来当成美式快餐的店面，大厅以上的一少部分现在是快捷酒店。消费享乐取代了幸福所拥有的感受。

商业在钟楼邮局之上任意地增加和减损着它的功用，但丝毫不能改变它作为建筑本身独有的气质。即便到现在，你从钟楼邮局的面前经过，抬头看见它的两个塔楼式的屋顶，都需要费一番气力，更何况在它下面走过，仍然能感到它身上释放出的伟大建筑所共同拥有的夺人的威慑力。这正是它不变的魅力，是它独具的气场，也是商业拿它无可奈何的地方。

冬夜的花

我在这个冬夜里想起了阿青。

雪花在广阔的黑暗中绽放，使旷野有了微暗的闪亮。唯独在寒冷的时节里开放的雪花，落在我皮肉上犹如芒刺针扎。阿青大约也是在这个时节里离开的，他会走得很远，不知什么时候才能回来。对于他的离开，我未有丝毫的察觉，只是过了许久听人说起来，才感到没了他的踪影。

我在城市的高楼里又晃过了八年，其间早已习惯用冠冕堂皇的话来敷衍自己的人生。虚假的事情做习惯了，也养成了不少的坏毛病。我学到的本领，多为动物本能般地讨生活、谋营生。乖巧曲逢所带来的那点虚浮的名利，常让我暗地里沾沾自喜。我有时甚至不懂得了信任。人情薄味，让我在无意间也将阿青忘得干净。

阿青离开单位被当成了平常的事，随处可见，每天都会发生。谁会对一个普通人的自尊真正给予注意和尊重，谁又会对熟视的平常背后隐匿的是非对错、道义公正认真深究过。阿青只是不屑于充当自己个人私利的帮凶或帮闲，他内心的承受与不安是可想而知的。

有人在楼上笙簧弦管，有人夜夜都在推杯换盏。阿青的音讯是听不到的，他离开单位先进了一家工厂，两年之后就没了去向。

在我看来阿青只是不会逢迎，不做假。他凭对工作的尊敬，用无声的努力来维护自己的自尊，这不仅不易被人看见，还有可能带来无法想象的凶险。许多像阿青一样毕业分来的大学生，对工作起初还存有几分崇高的浪漫，躲在那些不切实际的大话里着实安生过一阵子，后来便在谋生的层面取舍，选择各自的安生。阿青没有这些想法，他只是尽力去做事情，把自己的愿望，尽量呈现在做事情的具体过程中。他能给予的，也不期待收回，在有些人眼里，这叫涉世不深。

有一年，我俩同去西安附近的山区调查，顺道去了他家。他父亲有肺心病，是为了挣钱供他上学，在煤矿打工吸入煤尘落下的根，已经失去了劳动能力。他母亲操持着家里的一切，一个妹妹还在念书。家里的情形，我从未听到阿青对谁提起过。有些人平时活得像模像样，一旦牵涉到名利，就变得什么都不像了，个性里会源源不断涌现出对别人的憎恨和凶狠，又在外表上表现得和颜悦色。阿青有他的尊严。

我与阿青的错过，也是很久的事了。我们在单位里原本有许多深交的机会，但终因各种各样的原因，没有坐在一起无拘无束地交谈过。我知道阿青心里有过这样的期待和信任，后来也因我的粗疏，又都各自忙了要忙的事情。

虽说阿青出身乡下，却活得朗净，就像是走在月光下面，心里没有芥蒂，带着乡下人的厚道和本分。我看见他总是行色匆匆的样子，提早赶来上班，忙自己手里的事情。他总是穿着与自己身量不相称的衣服，过腰的长衫掩不住他心里的仓皇和局促。

关于阿青的沉默和他最终离去的缘由，对我而言至今仍然是个谜。之后，我也离开了那个单位。今夜，我想到了阿青，看见了冬夜的花在空中散落，不惧怕落在最低微的地方，也不害怕被融化。

而我所拥有的感受，及我生命的无力与无助，对我已经没有了意义。包括这冬夜里的花。

南山树

我先前对南山里的树印象模糊，但南山却一直在记忆之中留存着。西安城若是没有了南山作为依靠，怕是就没有了历史的辉煌和今天的兴盛。我小时候常见到身背山柴的樵夫在街巷里游走，觉得城里人的生活离不开南山的供养：炭市街上的山货，木头市里的板材，还有冬天里火盆中的炭木，也都是取自南山。

西安人把秦岭经过西安地段的一脉山峦叫作南山。我想不出其中的道理，就像是把羊称作羊而不叫成别的一样，或许不在意其中有多少理由。

我见过的第一座山也是南山。我懂得了向远处眺望以后，南山就成了我心中的对应物。坐在南城墙头望着山在云层之中蜿蜒的走势，我心里觉察到了舒坦和朗净。

南山在我幼小心灵里的反射，也许就成为我在世间受到的最初的启蒙教育。我觉察到了我身体的感触随着对山的仰望而曲张着，我的想往也是由此所产生的。南山好像是我心和视野里的界限，山那面的东西，我无法看见，就像是远方，还带给了我忧郁。我曾经想过在这个世界上领受过的让我受用的东西，我最先想到的是南山，而不是接受的学校教育。南山还让我感到了一年当中有不同的四季。

入冬上霜之后，板栗、核桃、火晶柿子应市，西安城果摊上的生意，一点也不显得淡凉。南院门五味街上的松子店反倒更热闹，清炒的松子，新鲜的气息，淡朴的味道，趁着温热的劲食之，简直美不可言。

要是我母亲还在世，她会用我家的黑釉瓷罐早早围拢一窝面蛋柿子，在柿子中心放一只苹果，用木盖封好，只待苹果的香味溢满我家，柿子便熟透了，像晶亮的琥珀。食火晶柿子，则要等游街串巷的果贩上门，再说我母亲也不懂得经管火晶柿子的手艺。

我在明善哥的桌案上看见过一块写字用的老墨，据说是用南山的松炭制成的，瓷实板结，没有味道。西安城里早先有一家墨汁厂，"文革"时写大字报，用的全是这家厂子产的墨汁，有一种特别的香气，是不是添加了南山的松炭，就不得而知了。

小时候随父亲去赵望云先生家，见过赵先生画画，画的是宁西林场的松林，用淡墨起稿，层层积染，末了用火柴棍蘸焦墨画人物或动物点景。那时候我还从未进过南山，赵先生画的松林、小鹿，却带给了我对于南山的许多向往。后来与赵振川多次去南山，每每经过宁西林场，他都要说他父亲当年画的那片老松林已经不见了。

西安街道旁成气候的树是法国梧桐和德国槐。交大门口的路上、小寨西路、友谊路，要是没有那些茂密的梧桐，夏天不知道会热成什么样子。法国梧桐在春天里生一种绒毛，被风吹落在后背上非常烦人；德国槐夏天极易惹出叫作"吊死鬼"的长绵虫，园林工得早早开上汽车，在有德国槐的路上一遍一遍给树喷药。尽管我对植物的了解非常浅显，但我敢断定，上述两种树肯定与南山无缘。

我们家最早住的院子，前院后院栽着不同的树，有椿树、槐树（中国槐）、海棠、蔷薇、梨树、桐树，每一棵大约有百年，同那座院子的时间一样长，树荫将院子覆盖得严严实实，非常幽静宜人。我父亲爱在院子的树荫下乘凉。我最怕的是椿树在冬天交替时被西北风吹响的声音，像虎啸。我小时候常被椿树在风中的吼声弄醒，没法入睡。

春天里将南山的树苗移栽到自家的房前屋后是生活里的一项重要事情。有了树就有了生活的气象。我弄不清楚这其中的缘由，心里只是这么认为着，也喜欢见到树，在大树底下玩耍。我大哥有一年拿回来了一棵香椿树，种在我家门前，第二年生出的嫩芽就可炒着鸡蛋吃，味道极好。树一年年变粗长高，生得香椿多了，我母亲便拿去与邻居们分享。我长到一米的时候，用刀子在树身上划过一道印痕，想同那棵椿树比画着谁长得更快更高，后来我家搬出了那个地方，就再也没有比试的机会了。

自小生长在西安的人，不会觉得这座城市有什么地方特殊，关于这座城市的历史与文化，都是后来才知道的。我曾经想过，有十三个朝代在西安建都，除了其他的原因之外，南山的树和石材，也是一个朝代的兴起所必需的。唐朝的叛将朱温一把火烧了长安城，历时三个多月，后来唐昭宗移都洛阳，重建一个新都城，所用的材料都是经渭河转运到洛阳的。这其中缺不了南山的树。我原先在脑子里是极易将南山树忽略掉的，现在回溯我们这座城市的历史，我已不再这样了。没有南山树，怕是也就没了古代的长安或今天的西安。

我多年前开始进南山，走得最远的一次是从丰峪口到陕南的西乡县，沿途要过分水岭、月河梁、平河梁。我还去过牛脊梁和黄花岭，但都没有特别留意过所见的树木，只是在四月天里过平河梁时，遇上大雪，才看到了杉树林在漫天飞雪中的壮观景象，而这些杉树林早已在山中存活了不知多少年。

白杨在西安城是极易看见的树。今年初冬我从太平峪进南山，见到了青杨：叶瓣小，有着繁茂的树冠，但不像白杨那样挺拔，那样高。

南山中的榔榆也是我第一次所见，还有陕西械树、紫荆，遍布太平峪。我想应该记住这些树，它们本来早已是我生活的一部分，只是因为自己的粗疏，忘掉了与它们之间的关系。

我听说过南山里还有一种树，生得低矮，见人走近，便卷曲上叶子，无人时又将叶片张开。我没有见过这种树，也不知道它的名字。对我来讲，这也是一种遗憾。

50岁说

我在心理上还没有做好准备,50岁的生日就快要来到了。生活中的许多事情是不会等人的。你想的东西,怎么等也不见来,而有些事情,常常是在人猝不及防的时候,便与你相遇或错过了。

这些年来,明显地感到:去火葬场的次数多了,送比自己年岁大的人,也送过同龄人和比自己年岁小的。每一次回来都有感受,似乎从中明白了一些道理,提醒过自己该放下了。命运就像是在人身背后隐藏的咒语,一辈子都得背着它。我们无法知晓它什么时候就会落在我们的眼前。祸福无常,冷暖应当自知,到了什么样的年纪,就应当懂得面对什么样的问题。

我以为,50岁对于人生是一个重要的转折关口。小时候见到这个年纪的人,感到他们已经很老了。我现在就处在自己当年所见的那种样子,不同的是,自己又是一个悲观的人,看待事情,灰暗的成分多一些,即便在年轻的时候,也是这样。人,生而必死。明白了这个无疑的结局之后,才轮到你选择想要在这期间做什么。无论你满怀希望,或彻底绝望,你都得向着死而生。

在这个世界上,支配生命背后的那些东西,是没有秩序和规律的。

我们自己就生活在偶然和短暂性之中，在海滩上走过，留下脚印，又不断地被潮水抹掉冲走。人生是由它的不确定性所确定的。

死亡在生命的终结处消弭了一切。意义或许只是在无意之中，才得以被展开和发明的。必须随时随地，具体个别地去应对不断袭来的意义缺失感，才有可能在自己生命根源处的无意义之上，不断地发现属于自己个人的意义。这或许就是人生的悖论吧。只是我自己常在其中，觉察到的是疲惫，还免不了心灰意冷。

在50年所走过的路途中，想要寻找花朵般的美好时刻，似乎也非遥不可及。然而，那样一种真切的向往，总是在现实巨大的漠视中，最终变得销声匿迹了。克己、苦行、祈祷，甘于贫困，我所见过的个人生命史，大多是沉默的历史。它们被时空环境左右，反复地徘徊在灵魂与意识编织的晦暗地带，既非假象，亦非真实，但又不可替代。

生活就活在你以为它已死的状态里。希望也正如鲁迅先生所言，是在绝望当中的。我快到了50岁，才知道，生命中的美好时刻，是极少有的情况，它们短暂又易逝。必须学会呵护自己，去爱自己的寂寞，懂得如何去关注自己的内心感受，与自己好好相处，尽量使内心生活少受一些外物的摆布。有人说：每一个人对其自身而言都是最远者。到了50岁的时候，更应该懂得去做你自己。

我们生活在一个类象充斥、真实滞后的时代。虚拟的东西取代了真相，现实的各种片段暂留在包围它的伪相当中。正如鲍德里亚描绘的那样，在其中既不乏原始场景的萦绕，又有生活在最后阶段的各种悬念。正在不断传播的变形影像，使实在消失在虚拟的幻觉当中。在一个真实匮乏、意义稀缺的年代，能够体验虚空荒诞本身，就是意义。50岁对我而言，大概已经进入无地的彷徨。我已经无牵无挂、无碍无涉，只是还有属于自己不会太久的挣扎了。

50年前的某个时刻里偶发的事情，今天在同一个时间点位上又相互重合了，就像是星云的运行际汇，看似漫无目的，实则是一桩奇迹。一个人同自己出生时间之间永结的谜一般的指向，想起来，是非常有趣的。从哪个时间点上开始，在其上不断累加的事情与经历，又与别的东西偶合纠缠，构成了一个人生命已经开启和未知的部分，这过程就像打开了窗户，又关上了门一样。

我时常迷离于看似属于自己的东西，并且感到处在被抽空的状态。这时候，相对于自己，就像黑夜掷出的骰子，无法弄清它真正的谜底。世界总是在我视线之外隐去，时间又跑得飞快，我无法在当中与它们任何一个能靠得更近。有很多时候，我看见自己像一根羽毛，既升不到天空，又不能脚踏实地，只是随着风，在飘来飘去。

有一件事情还在我身体里保留着：那便是对自己生命存活的察觉和对身体反映的感受。它们有时就像迷途中的某种提醒，让我意识到，对于自己的意识一直还伴陪着我。一个人对自己13岁时的自我认识，与50岁是大不相同的。我感到在我的身体里，住着许多个我。现在是50岁的我，已经同13岁时互不相识了。

总是零散的、片段的、破碎的感觉。人不可能拥有一个一以贯通的自我感知。总是在一个个时间的点位上，纠集着多个偶合的事件，又在另一个点位上出现不同的情形。生日只是凸显的其中一个点：你得记住它，之后才会同生活世界有所关联。

我们被投入到时空当中的生命与身体，是一件不断风干瓦解的容器；它们在无常的变化当中，经受着事件、制度、习俗和语言的改造。在具体个别的事件中赢得认知；在绝望的顶点上获得希望；用自己的坚忍，迎战生存的残忍；用对具体生活的把握，来抵抗对于我们身体认知的置换。即便如此，也许仍然无法避免，在现实巨大的冷漠中遭受蔑视的厄运。倘若如此，还有什么能将我们奈何。

我总是摆脱不掉模模糊糊的生活状态，被莫名的东西牵着走，赶着走，身不由己地应对着纠缠不清的烦恼。长久以来，这些郁积的无力感，已经形成了惯性。忍受一种离散的行为举止的周期性，忍受无名无形，莫可名状，比忍受酷刑还要煎熬。与一切不想表明什么的东西一起运转，面对不可区分与无法区分，面对拒绝表意的存在，它们是什么，已经与我的眼中所见无任何关系了。

在2012年将近一年的时间里，我在西安一家医院的神经外科病房陪护着生命垂危的父亲。每当夜晚降临，黑暗越过病区狭长幽深的走廊，裹挟着行将就木者的窒息之声。神志不清者的胡言乱语所挟带的令人匪夷所思的妙想，决绝赴死者的临终喉鸣，像植物一样的人们，沉沉不醒的睡眠，鼻饲病人咽哑的咯咳，失忆者空洞的叫喊，行动不便者沉重的喘息声，让生命暴露出了它鲜为人知的另外一面。

医院成了生命隧道的最末端，布满了垂死者遗忘的路径和等待的距离。它太冷酷了，根本就不是死亡之所，而多数人又不得不死在医院里。

许多人死于治疗、诊断和药物之中。也有极个别的人在被临床医学的话语判定必死无疑之后，又神奇般地复生了。在医院里，我看到了很多这种救不活而又不死的"超生"，它们是潜藏在生命之中最为隐晦的奇迹，逃出了医学理性对于生命的支配。

我从未见过人身体之中这样一种出自本能的盲目力量，竟然能令死者复生。生命在它最后的阶段对自身极限暂时、具体和局部性的活生生地违抗，是医学话语无法解释的反常。它们偶尔在垂死者的身上出现，像一闪而过的极地之光。

那些无名的垂死者的不死，并不完全显露为了克服死亡的强烈意志，也不是为了获得永生。在他们死亡的过程中，涌现出的短暂的不死，或者说他们死而复生的过程，常常被当成是一种意外而被忽略，被人熟视无睹。这样一种出于本能而又无意识的生死之镜，不再照射因为死所获得的崇高价值，也不反映通过死来把握自己存在本真的行动。它们是非事件，是最为隐私和羞于见人的事情，无法作为像惯常的死之所形成的与社会联系，用来当成对死亡诉说的另一种面目。在这里，死只与自身关联。在它最纯净的形式里，展露着自身对于不可能性的偶然违抗。

医院让我在50岁的当头，遇见了藏匿在生命尽头这一奇特的身体景象。它们出于被迫和本能，并非是自由选择的结果，并且终将难逃一死。但在那些时刻里，身体逃脱了主动意识的支配，不再用一种更加合时的理性来取代另一种理性。身体在那样的时刻里，只是自己的剧场，不再上演关于真理的游戏。身体在最后的时刻，才开口讲述自己，远离了一切能指的疆域。

生命和身体以沉默的方式讲话了。它不再讲述被神话的客体，也不讲述世间的丰功伟绩。它在讲述无法言喻。它在诉说不可名状。它预示着不该而来的到来，不应之有的存在。

垂死者的不死，向我们泄露的不是生命的永生，而是对于永生的牺牲。这才是生命的诗篇。

能够使文字和身体的感受重合在一起，是我50岁后才有的想法。尽管此前也有过记写自己感受的经过，但是在快要到了这个人生阶段的时间里，又有了一些不同的切身体验。倘若我们能为自己一生中最坏的事情，都能预先做好准备，这当然很好。但有些时候，情况往往会出乎我们所有的预料。尤其当我们面对死亡这个最大的生存谜团，那些理智清醒、毅力超常的英雄，在赴死的过程所体现的价值，的确令人敬佩。而那些无名者，在毫无意识察觉中，便被偶然推到绝路之上所被迫表现出的本能反应，同样让人心惊。

从我生下来起，便被投入生存的竞争之中，在懂事后，现实的环境又充满着各种各样的告诫。依照分类和排位的原则，努力成为某个领域出类拔萃的人物，进而获得身份地位，像权威人士一样生活，这便是在我脚下早已铺设好的道路。沿着早已被指明的方向走下去，一定会顺风顺水。许多人已经按部就班地在这条道路上大功告成，最后又不得不经历绝对的空洞。

今日中国底层无名者的生活，往往处在高处。他们像空气一样相对于生命而不可或缺。既无法被看见，又弥足珍贵；既源源不断，又拒绝在自己的馈赠上签署姓名。从不滥用自己的名义，更不以强权的面目自居，只是在对普通平凡的日常生活的重复中，不断更新自己对于自己的定义。

在文化的眼睛无法辨认之处，拒绝资本理性规定的口粮，不做被绝对真理反哺而成的侏儒，也不在对信息操控的链条上传播自己。让想要支配和定义个体差异的东西，变得不可定义。所有这些，是我活到了50岁之后，才在底层无数沉默者的身上渐渐看到的东西。我现在把它们写下，拿给自己来看、来听。

屠马

一匹匹马,在黑夜里被赶进了那家屠宰场,脚蹄紧随着脚蹄,被摘去了胸前的铃铛和缰绳。黑夜里马的行程是无声和自由的。必须在后半夜开始之前到达,终点是南门里那家屠宰场。

夏天从这儿经过,屠宰场空空荡荡,像是什么也没有发生,人们已脱掉胶鞋、手套和胸前挂的皮围帘,喝茶聊天,显得非常悠闲。那个精瘦的屠夫,微曲着身腰,在阴坡地里吧嗒吧嗒抽烟。

我们学校离屠宰场有一百多米。有时候屠宰场的臭味会飘进来,让课都没法再上。

冬天不会出现这种情况。冬夜漫长。我有时候可以同农民赶着的马队打照面,看见马或驴"噗噗"打鼻息时散发出的"白烟"。或许是因为天气太冷,马儿们彼此靠得很近,脚下的蹄掌也没有了响声。这些马身上还有一种特殊的气息。赶了一晚的夜路,此刻浑身已经大汗淋漓。它们眼不斜视,紧紧相随着进了屠宰场的大门。

我用手掌抚摸着马背,让马背一匹匹从我的掌心经过。令我吃惊的是,这些马儿什么都清楚,惊恐地留给我了一掌的马毛。

我原先以为马或骡子是没有灵性的,后来我不这样看了。当一匹匹马被牵到屠宰场的空地上的时候，其中的一些已经在流泪。

为了不让马儿看到屠杀的场面，它们先被带到屠场空地拐角处的厩棚里，有草料和水，然后，再被一头一头牵到空地上来。那个精瘦的屠夫早已在空地的中央等候多时了。他双手背后，右手里握着那柄长木把的小铁锤。

屠马的过程极其短暂，从被拉出厩棚到马的前腿折弯倒地，大约只要一分钟。有时候会耽误一些功夫：马站在空地上看着屠夫不住地流泪。屠夫这时候也不会动手，旁边做下手的人会用两张纸箱皮板遮住马的眼睛。这时候屠夫才走上前来，伸出左手，擦掉马面上的泪痕，右手的铁锤从背后抽出来，闪过马的门心，马头就轰然扑在了他的胸前，拥着他退后几步，最后倒在地上。帮手们提着尖刀一拥而上，剥皮，开膛破肚。这些过程进行完后，接着又轮到了下一匹。

我在书院门里的学校读了三年书，西街口上大门紧对南城门的那家屠宰场，上述的情况天天如此。西安周围四乡八野的农民，将赶了一辈子的马或骡子、驴，最后都送到了这里。这些温良的不会说话的动物的归宿像是事先约好的，在路上跑老了，跑得实在不能再跑的时候，就被送到了这里。

多少年来，我的灵魂一直经受着一种重力的撞击，时间愈久，感受愈加强烈无比。我在黑夜里独自一人想要返身回到自己寻找那个使我心绪难宁的根源究竟藏在我身体的哪里。后来我发现，改变我、影响我、伤害我的，同别的一切都无关，只是我现在在黑夜里仍然能听得见又无法弄懂的马语。

大地记忆

我最早看见的大地是在自己的内心里。读小学语文课本，童年时立于故乡城墙上张望远处的田野，大地给予了我身体一种察觉。那会儿我还不知道大地的含义究竟何在，只觉得面对它，心头就会掠过一阵急促的热流。

童年在故乡南城墙上戏玩，近旁的大地，是南城外的一片菜田，农民们将它收拾得简净整齐，成行成竖的豆角藤蔓架，用竹竿一排排编扎挺立，像是被精心梳理的头发。每到初夏时节，茄子泛紫，黄瓜的丝蔓上也会开出黄花，这时候，青菜长得最为茁壮，在阳光下泛出油油的绿色。

菜田的尽头，相接着一望无际的麦田。越过我眼睛无法看见的道路、溪流和沟壑，一直向南伸向秦岭北麓的脚下。

出于好奇，我喜欢坐在城墙上，从眼前的田地开始，向着我目力无法企及的远方张望。乐游塬麦田间的小道上，农民赶着大车来了去了；眼前菜田旁边的农舍上空，炊烟聚了又散了。

白昼在大地的腹地萌生，夜晚又止于它的尽头。

我眼睛无法看见的地方，听父亲讲，是少陵塬。自古就是一块风水宝地，北接曲江，南望终南，塬下是樊川。西周时杜伯曾封疆于此，秦在此置县设杜城。杜氏的姓源大约起因于此。

对姓源宗脉回溯的过程,是很难说得清的。听到一个地方与自己的姓源有关,却于不觉中有了触动。若干年后,我的母亲病逝,葬于樊川,究竟是不是冥冥前定的安排,依然无法确定,心里至少有了安慰。

重要的是在童年的经历里,近旁的大地给予过我依靠,如亲人和朋友让我觉得了安全。我见到过大地在冬天里的安睡。也只有在最寒冷的日子里,雪覆盖于泥土之上,才会变成一种温润的东西。我心最初体味到的温暖,大约也缘于此。到了盛夏,便没有这样的感受了。

大地像时间的灰烬,沉降在我的心里。随着惊蛰、春分、谷雨这些农时的到来,农民们加快了劳作的速度,不断地更换着手里的农具。

曾经一度觉得自己看见过终南山的樵夫在山坡上伐木、行走,后来我知道,这只是梦里情形的残存所致。我对大地和其上人群的了解,那时候也仅仅只是缘于自己简单的张望。人与土地之间的关系多么单纯,经由肢体的劳作,人拥有了基本需要的获得和大地持续永久的供养。在土地上劳动是多么牢靠的事情。大地不负人的心力。因为未知的收获,人们任劳任怨。

故乡的清晨是和缓的,像一层纱幔的雾气,在慢慢撩开的同时,腾升和展露。在这如梦一般逐渐显露的过程中,大地上时节的变化,显得从容淡定。不是没有苦难和灾祸,不是万事都顺人心意。在武斗、死亡的葬仪和没有尽头的苦作交替出现之后,大地仍然呈现出不可更改的沉静和吉祥。

我早先对城河上空飞翔的鸥鸟不甚了解,这些洁白的红嘴客人,显然不属于北方的鸟类族群。它们在城河上更高阔的地方盘旋,有时贴着河面滑行,似乎不把自己当客人。我在城河近旁的菜地见到过几只在觅食,弯弯的红嘴,十分宜人。田里的农人从不打扰这些远方的访客。它们来自何方,为谁而来,我都不知道。

人们基本的智慧大多与泥土的本质元素有关。那些在大地上终日沉默不语、辛勤劳作的农人们也是智者。他们伴随着劳动，追随着自己的幸福，在季节里守候，简单重复的方式和节律，服从于更为具体的规律。从个人角度看，社会等级的划分从来就是为了统治的需要。高贵者未必就高贵。离开了大地的依托，离开了人与泥土之间的直接依存，再高的楼阁，顷刻间都会轰然倒塌。黑夜里的马，即使睡去的时候，也都是站立着的，更何况它们还要在漆黑的夜路上行走。农人们相信劳动。真正能够震撼他们心灵的东西，恐怕只有时节了吧。错过了时节，便错过了一切。更高的规律服从于最简单的道理。

　　我根本不管那些唯灵论者是怎么说的，我也不相信神的存在。大地上万物竟存，一切应有尽有。它不以人的意志为转移，也不因此而改变。但人和大地之间有一条简净的路、平和的路，就像是放置在时间里的誓约和早已默契的应许。

　　晨星在某个时间悄然呈现，又无声地隐匿于白昼的日光里。人在其中有所改变，沉浸在天边云朵里游走，和缓地靠近大地的门窗，直到抵达自己心灵的深处。

　　我一直以为，除去烦扰的最好方法，便是心系一处，保持住自己的心情。大地让与它最接近的人懂得了安乐。安乐不是那种消沉中的迷醉，而是土地直接赋予人的厚道和本分，没有这两样硬实的东西，人就不可能自足地依托大地生存。

　　我从前在书本上见过关于土地与劳动的种种大道理。那些脚掌实在地扎根土地，顶梁架杠，真正承载社会重力的人，是不讲这类言语的。重力的支撑和沉压，让他们的沉默更加沉默。历史走马灯似的不停变幻，朝代的更迭，人祸和灾难，没有改变那些像汪洋一样的底层人群对土地的遵从。他们被历史驱离，像散落在典册与生命的旷野之间的流星，倏而在大地的腹地显现，顷刻间就又消散了自己的踪影。重复的日子，重复的劳动，在传递着一个简单、朴素的道理。这道理无须著书立说，便能传遍四方，依靠经年的实践，逐渐深入人心。

斯多葛派的修士靠苦行和禁欲来实现清教徒般的修行。戒律严格地约束着身体的举止，尽量不让行为偏离对于它的服从。人借助于身体持续的戒持而达到无我之境，确实是件很难的事情。不是所有的人都适应苦行僧般的生活。大地在更宽泛的程度上接纳了更多的人，它给出一条退路，让多数人能够生息并保持尊严。大地只要求多数人在时节的规律上践行必要的约定，它宽厚地承纳了多数人的依从，守护恒长永久的变化、益于精神的清洁和心灵的宁静。真正的幸福感并不是对所费与所得之间的功利比较的满足。人其实不需要太多的物质财富仍然可以过得美好。自由、从容地与大地的安宁交融，实际是在获得一种护佑与关照。除了简单的生活耗费，人可以不受过度消费的烦扰。

生活在关中土地上的多数农人不信任立于庙堂、刻在名山之上的金科玉律。他们按在大地上获知的经验行事。从45岁起，人们已经开始为自己忙活、准备身后用的棺材。上好的松木和柏木，被精心看管打理，制成极讲究的棺材。上年纪的人常在一起攀比：谁的材板、棺盖厚了多少毫厘；每年春天伊始，是否亲眼看着工匠新刷上一层清漆。这样的过程，每年大约都要进行一次，直到生命停息为止。通常人们十分乐于打理此类事务，像是乡间的重要事情。看着自己的归宿，人们还能够欣喜不已。

我在西安南城外的一个大车店里，见到一位老者，手抚自己的棺盖不住地叹气，他大概是觉着等待得太久，生怕错过与土地的约定。在关中，年届不惑，便意味着日日月月都能看见自己的归宿。

死亡不再是生命尽头的深度以及忽隐忽现的吊诡，也不再是一个无法可视的大限，归宿就在眼前，归期就在某年某月某天。入土为安，知命乐天。

我对生命、大地和藏于其间平凡如草根一样结实的道理，仍然知道得很少。但我在此生大地所给予的养育里，抱定了要信任简单平常的东西。去年春天，我去陕北靖边毛乌素沙漠边缘的镇子上小住了一段时间，结识了长庆油田的采油工邓振峰。我见到他的时候，他正好从散落在沟梁之中的井口上巡察归来，浑身上下全是黄土，只有双眼忽闪忽闪着，站立在黄土山梁上，一句话也没有。第二天早上醒来，振峰已经干完活，坐在露营房的一角，始终没有言语。窗外刮着沙尘，铁皮房被吹得噼啪响，振峰盯着房子的另一角，不用眼睛看我。整整一早上，我们没有多余的话，听着窗外的风沙一阵比一阵强烈。

　　在陕北黄土沟壑的深处，多望一眼远处嶙峋的焦土，心都会有一种灼痛。与振峰坐在一起，我却感到从未有过的踏实。从见到他起，我就有了牢靠的感觉。我们在见面的瞬间，早已扔却了一切多余的东西，彼此相知各自的味道。

　　振峰每天7点起床，7点半安排整理内务、扫院子、给井口投球、加药。白天要去好几个井站巡察，保养抽油机。一次巡察下来，大约要走3个小时，两三个月就会穿破一双鞋。夜里三点，还要起床查泵。

　　他是石油工人的后代，接替父亲干了这份工作，两年中间极少和人接触，独自守护散落在山沟里的抽油机。他只去过扬井，是一个几户农家聚集而住的小地方。他希望能轮上自己换班，休息几天，坐一次火车。

　　在偏僻的大山里独自工作、生活，对他的心理产生了影响。他对我说过：现在油液量大，设备跟不上，工作紧张，有压力。

　　正午时分，山顶上的老乡将一头驴牵在了振峰房子前的空地上打转。振峰说，他现在的想法已经不多了，看老乡的驴在院子里晒太阳都是一种乐趣。

　　这位20出头的兄弟在同我说话时，太阳已经照在绵延无际的黄土山梁上了。我的眼睛被黄土地上的光芒强烈地刺痛着。

消息

我与原先单位的联系这些年里已经很少了。消息让我在最初离开时与它依然能够保持着联系。我起先有空还去看以前的同事，也常在电话里联络，随着时间的推移，往来减少，以致像现在一样，变得多年音讯全无。

这不能算是人情冷暖使然。二十多年里，每个人都有要做的事情，大家在各自生活里奔忙，被驱使着与一些人或事靠得更近，而同另一些则变得疏远，但其中都有各自的理由。

生活让我自己在这些年里变得更加孤独。我没有理由埋怨环境和周围的人，在一个功利和人际关系充斥的空间里，活着实属不易。只是由于纯个人的缘由，我时常无法与这变化的节律合拍，不断地萎缩于个人内心的空间，想寻求一点灵魂的安妥。我不是一个高尚的人，在生活里再普通、平凡不过了，但我时常却感觉到了痛，无法言喻的痛。它长在我身体之内最为隐秘之处，控制着我，让我过着另一种与现实完全不同的生活。

我在二十年前的那个时间点上与原先的地方脱节了。一些人在那里来了去了，或是春风得意或是郁郁寡欢；还有人一直在心里算得仔细，在时间里枉费心思。

我慢慢养成的习惯，像是我身体的能动使然，它靠一点一点的累积形成，让我根本无法察觉和看见。我的眼力在增强，同时又衰微，这是各种功利长期诱惑、熏陶的结果。我自己的身体也像是一台机器，开始为我所想要的东西而不停地转动。

我在自己潜意识里发现了一种被植入的根深蒂固的东西——一个被放大的自我，它只会通过对自身的辨认来确立自己。它看不见别人。这是一种不断下坠的凝视，麻木、空洞，没有任何参照。从起先的排他开始，形成视觉的盲点，到最后来依然能看，却什么也看不见。

我已习惯于接受各种的安排，听任摆布，心安理得，平心静气。一次次地放弃和退后，让事情从身旁经过，然后自己也像是掉进了激流的漩涡。

那个像旁观者一样的人是我自己吗？他看不见由于这样的习惯对于别人造成的伤害。他潜意识中那些灰暗的东西，被拆碎化合到日常的行为中，已经日积月累地带给了别人不愉快。当他的同事痛苦的时候，受到不公而委屈的时候，他依然能够快乐吗？这当中或许还有合理的借口，有人情关系与同事情谊。正是这些东西滋养了愈来愈大的吃人的胃口。

充盈着这样的"温情"，忘记了李东于我是自然不过的了。

回想那时与他的相处，已超出下属与上司的关系，还成为朋友，这在我随后的工作经历中绝无仅有。我的婚事，是由他来操办的，完婚的前一天，他还拎来了两只大暖水瓶。许多事情他不说，内心有对我的期许与爱护，像月光一样柔和明澈。我们的相处不在功利层面，他对我一无所求，只因内心的想法相近，彼此就有了牢靠的感觉。

他接纳了我身上的缺点。我是在同他的交往中逐渐学会了对自己的确认，之前我只是一个关注自己的人，是他让我明白了这样的关注，绝不意味着自我的封闭，还需要对于别人的容纳作为支撑，牵涉到对待他人的态度。

  这二十多年里，我干过不同的工作，到过许多地，也见识了不少的人事，每天都能听到各种的消息，唯独没有关于李东的。

  昨天，我陪女儿到政法学院参加专业课初考，李东的儿子在电话里找到我。说他爸爸前天去世了，并说他爸爸要求他一定要把这消息告诉我。

火车火车

> 游牧民族是那些不欲迁移者。而他们所以游牧，正因为他们拒绝离开。
>
> ——汤因比

西北民族大学位于兰州皋兰山下，沿山而建，离市区不远。1983年至1986年间，我曾在那里工作。在学校的好处是时间充裕，除了讲课，没有多余的负担，每到夏天的黄昏，全国其他地方来的青年教师就会结伴去登学校背后的皋兰山。

到兰州工作，是我人生第一次离开家人独立生活。那一年我刚22岁，时常会有想家的念头，坐在皋兰山顶，看见火车冒着白烟，从东边的西兰线开过来，我便会陷入思乡的情绪中。

兰州火车站是西北高原上铁路网线的中枢。从此向西通向乌鲁木齐，往西南可去青海，朝北是到银川，正东通往西安、宝鸡方向。主干线应该是东西走向的西兰线。包兰线与新兰线在兰州与西兰线形成连接交会。

从西安坐火车去兰州有两趟车：K144次是西安开往乌鲁木齐的普快，经过兰州，时间需要18个小时；南京到兰州的Z168次是直快，大约需要16个小时。沿途经过的大站依次是：咸阳、宝鸡、天水、武山、陇西、定西，最后一站是夏关营。到了夏关营就离兰州不远了。后来知道夏关营属兰州地面，所以在此设站，是为了在当地驻扎的部队上下需要。

到兰州之后，我才知道一个人在外独立谋生是多么的孤独和难受。除了与同事在爬山时看见火车外，我有时候也会跑到火车站，站在铁栅栏外看一看火车，等着西边方向来一列火车在站台上停稳，又朝东边开出之后，我才愿意离开。

这样反复多次去看火车，也没有更多的理由，只是在我心头会舒坦一些，对家的思念也能够变得和缓一些。

我有几次按捺不住回家的念头，买了车票，在车厢里摇晃一夜，到第二天中午赶回家，晚上再坐K144次车回兰州。在家里能待的时间不过5小时。母亲见我回来又惊喜又快慰，之后就怨我做事性急，欠考虑，不断催我早回兰州，以免破坏了学校的规矩。

坐火车与看火车的感受是不相同的。在车厢里我无法确切地辨认车的速度和方向，只是一味地随着车身左右摇晃。遇上春节前后，人更是拥挤，空气窒息，我希望火车快跑，能早早赶回家。

从高处看火车在西北黄土高原上行使，会觉得它的速度比想象的要缓慢，穿越隧道，绕过沟梁，明显地是在一直坚持着自己的方向。火车在兰州东站经过后，还要进行一次次的并轨来决定最终停靠在兰州大站的几站台哪股道。并轨过程中的车速更加缓慢。

兰州城处在两山之间的狭长地带，火车从兰州经过必须穿越整个城市，无论是从那个方向进入兰州，都要沿着城市的南部边沿，进夏关营出西固，或者进西固出夏关营。中国没有哪一个城市与火车的联系会如此紧密，让火车参与了城市的流动，成为城市景观中抹不去的印痕。

20世纪80年代，对于我个人来说属于火车的年代。火车向西而行，把我从家乡带入一个陌生的城市，只有它还连带着我的以前。火车就像是一个大人一样，将我放在了兰州，然后每天又从我的门前来来回回经过。它经过的时候，我会跑出来看，同它打招呼，让它知道我的心事。

我在兰州生活了足足有3年，熟悉的地方不多，除了双城门和中央广场附近的书店，最远的去处是经过东方红广场，到甘肃省电视台的后院。到过最多的地方是铁路新村。我想知道同火车有关的一切消息。

有一次，在皋兰山上，天气格外晴朗，从家乡方向的天边浮起一团白色的云朵，在慢慢向我靠近，它在高原的天空上显得那么的从容舒缓，等到我能够看得清楚时，知道是一列向我开来的火车。在兰州，有好多回，我所见到的火车，都像是从云的泉水之中浮现出来的，也许它们来自我的灵魂。

从皋兰山上向东望去，笔直的钢轨伸向了无尽的远方。我想到过最终偃卧在钢轨之上的海子，他写过亚洲的天空。我觉得海子的诗歌和生命，也像钢轨一样那么笔直。此刻，它们都在诗歌和常识之外，在钢轨能够穿越的尽头之外。

在兰州，我如饥似渴想要得到与火车有关的消息，让火车的声音交替出现在我的生活中，一有闲暇便坐下来看它从我的身旁经过，想着远方的家，还有母亲、姐姐的挂念。我的信件大约也是火车带来的。收到家里的来信，我的心会平静好一阵子。

我没有写过与火车有关的文字。在兰州时写过一首诗——《看火车的孩子》。那个孩子就是我。火车与火车无关，而是指当时的生活，有节律而又单调，尽管处在移动当中，却并不匆忙，是生活本身的自然呈现。

在学校的宿舍里能听见火车过往的声音。通常午夜有一趟西去的列车，汽笛的轰鸣声，在静夜里震撼强烈，我一般要等到这列火车过去才打算睡觉。有时候它会晚一些，但仍然声音剧烈。据我的估计：从晚上10点到第二天黎明5点之间，会有37趟火车经过，多集中在上半夜，下半夜最多时有过12趟，一般情况下只有7趟。

我起初对于火车经过的回数计算不清，更不知道该如何辨识它们来去的方向，后来我就在房间里独自倾听，记下它们来去的时间和对它们去向的判断。这样经过一段时间，我已不需在纸上记写了，只要躺在床上便能知晓。一年之后，我不用挂记火车的事了，它们不再是从我的身旁经过，而是经过了我的身体去往了别处，即使在梦里，我也对火车经过的事情了如指掌。

　　这中间也有特殊的情形：午夜过后，黄土高原变得出奇地安静，没有谁愿意来打扰它，也不愿走进星空下的睡眠。火车早早地绕开了那片沉睡中的地方，但我的身体依然被火车剧烈的轰响所充盈。接着是第二趟车的经过。第三趟。又一趟和另一趟。等我弄清了其中的缘由，已从梦中惊醒。

　　火车有时候还把我的身体变成了一处纯粹的空白，我只是一次又一次等待着它的穿越。

花朵

我同恩和从学校里回来照例先要在他家的大棕床上躺上一会儿才做作业。我们买了10颗糖豆，约好将它们依次抛在空中，不能用手来接，而是仰面躺着张口去接，谁接得多，谁就是胜者。

抛过两颗之后我就觉得有些不对，后脑勺隐隐有温热的潮气袭来，能听见床下有噗噗的闷声。恩和以为是老鼠。我们又吞下两颗糖豆，已能闻见血腥味。

后来我们就看见恩和他爸那颗血淋淋的头在喘着粗气。

恩和他爸是用一把三棱锉刀朝自己太阳穴上捅戳的。那把刀没有锋刃，三角形的顶尖也谈不上锐利。有一个短粗的木柄，一把就能完全抓住，用它的锋刃刮手臂，没有痛感，只觉得痒痒的。

恩和他爸显然做了充分准备。他明明白白躺在自家的木棕床底下，让那把钝刀在自己头上捅割出一个眼孔大小的黑洞，还在额头犁出两道深沟。他大约不是太着急，在笨粗的钢质伸进大脑的时候，有意识地将握在掌心的木柄不断转动，使刀尖在头里吃得更深、走得更远，几乎将右眼珠顶出了眼眶。

他大约是想让受痛的经历与死亡的过程尽量拖得更长，而他还要从中保持平静，尽量不弄出声音来，就像花儿开放一样，残酷而又宁静。

刀子其实只是一件器物，令我不寒而栗的是恩和他爸脑子里的想法和心中的念头。那次事情之后他并没能死成，留下一个永远凸起的眼球和带疤的脑壳，谁也不清楚里面究竟想过什么。

恩和一家人自此就同邻居不来往了，变得沉默寡言、惊惧敏感。恩和也像是突然变老了，再也没去过学校，也不同我玩了。他进了一家煤厂，在蜂窝煤机将压好的煤砖从皮带上传送出来的时候，他站在旁边，一摞一摞将其码好，再摆放整齐，随着一辆三轮车送到军服厂的厂区。

恩和与我，自此也形同陌路。关于他和他爸，最后也没有更多的消息。

童年里，我见到过许多花的开放，其中一朵，并蒂相连——恩和和他爸。

破碎的梦

出了北城门,从一座水泥桥涵下穿过西兰铁路线,沿着马路走不远,在十字路口的警察岗亭旁朝右拐,就到了二马路。确切地讲,我们现在已经进入道北的地盘。

"文革"后期,我进了城南的第五中学,那时学校已经开始"复课闹革命",但校风校纪依旧混乱。教室的窗户没有一块完整的玻璃,桌椅大多破破烂烂、东倒西歪,并被刀子刻满了污言秽语。工宣队就住在学校,还时不时地在教室外边巡察巡察,顺便带走一两个调皮捣蛋的学生。我不知道每天去学校做什么,绝大多数同学基本上都是在混。学校里不比学习,谁学得好反而被人看不起。就像现在人比阔、比富一样。那会儿,大家比武。谁身体棒,拳脚猛,下手狠,打架凶,谁就受人尊敬,谁就牛,没人敢惹。我中学的榜样人物,就是那些个肩宽膀粗、能打能踢、在城南一带名气响亮、受人敬畏的主。差不多有三年的时间,我与几个要好的同学,白天倾听着学校流传的各路英雄的传奇故事,晚上,到城墙上练摔跤、举城砖、玩刀子。梦想着有朝一日能成为"英雄",也相信一步一步在向他们逼近,全然把当时学校号召学习的"反潮流闯将——黄帅"搁在了一边。

这当中，道北成了我们要越的一道坎。在各类道听途说中，道北出现的频率最多、影响力最强。道北击沉了西安城内谁谁谁如何了得的神话。我们尊敬的那些个街头"英雄"，一个一个都被道北打败了。而且他们心服口服，从此在西安的大街小巷里再也没有了踪影。

在我和同学的心目中，道北已几近神话，甚至成为当时我们所接受的学校教育的一个部分。一听见"道北"这个词，我的手下意识地会伸进衣服里摸刀子，浑身汗毛警觉得骤然竖起，很自然地回身扫视一番周围的动响。

狗日的，这就是道北。让我们寝食难安、刻骨铭心，又肃然起敬的道北。为了这个近三年来不断缠绕在心头的梦，我们几个同学现在从道北二马路的东头折返过来，朝回走。

眼下的道北没有特别的地方，沿街还有低矮的草房，并且残留着城乡接合部的印迹。唯一的区别是这里的人都操河南腔。我心里开始嘀咕：所谓的道北也不过如此，它被同学们在传说中夸张、放大了。我们全被它放大的部分吓唬住了。道北不过是西安铁路以北的这片地方嘛，虽然讲话的方言与城内不大一样，但这里的人不过是操着河南各地方言的西安人。我们拿"道北"这两个字，自己把自己蒙了大约三年。

我走在另外两个同学后面，身后跟着另一个同学。我们有些失望。这当中我用西安话大声告诉同学："该回咧。"话音刚落，前头的两个同学走近一个西瓜摊，被两个个头比我们小的家伙，迎面一人一个扣上了半个西瓜。同学后仰的反身力几乎将我撞倒。我一边后退，一边尽力保持身体平衡。这时，我身子左旁的卖冰棍的老大娘，晃晃悠悠地已经靠近我，胸前套头挂着一只大布袋子，我满以为她来扶我。在我毫无戒备的情况下，她抽出藏在身后的板凳，照我的脑门就是一击。眼前一片金星，半条街红扑扑的人群在后面追打我们。就这样，我们被道北扫地出门。

这是 20 年前的事。想起来我会不舒服。尤其具体想到城砖、刀子、板凳这些凶器。我们这帮子20世纪60年代初期出生的西安娃，应了生不逢时这句老话。当社会上时兴学习的时候，我们全出了校门。好一点的，接替父母，在社办工厂、大集体单位当个工人；差的连"上山下乡"也不让去了，在西安城里找份临时工，卖卖菜，在食堂门口，架一口大锅，炒甑糕。当人们开始拼命挣钱的时候，我们又被误了，女同学到了内退的年纪，男同学基本处在待岗的状态。更让我不舒服的是青少年时期那些破碎的梦。那个时代，私下里被人们津津乐道的东西，包括刀子之类的器物，基本上把我们这茬人给毁了，正像现在为了钱毁了不少人一样。

人生里不能没有梦，但有梦还应当有一份脚踏实地的清醒。我青少年时期的梦境，被西安道北这个地方击碎了，它让我厌恶暴力和那个时期的社会风气留给年轻人的想法和念头。但是，如今提到道北，我内心油然会生敬意：因为那儿的人心齐——妇孺皆兵。

李老三

　　李老三提一把菜刀从蓝田塬上下到西安正好是1929年。那一年，李老三刚过三十六岁，已身怀着庖厨行当里的独门绝技。西安城当时遭遇着20世纪最大的灾难，饿殍遍野，横尸满地。

　　现在已经没有人能说清楚李老三在塬上看见西安时的情景和心境，据说李老三是一个处事低调的人。但有一点是肯定的：他相信饥饿中的西安城中，摆着他的吃喝，正等待着他的前往。像所有真正的手艺人一样，李老三骨子里有一种不容置疑的气质，这或许就是只在极少数人身上才能看得见的那种天然的安静。

　　陇海铁路没有铺到西安之前，虽说西安相对还比较闭塞，但治庖烹厨的手艺，已是四方杂陈了。城中的回坊地区，保留着自唐以来西域和阿拉伯特色的饮食料理。回民中间，几乎人人都是民间烹饪的高手，千百年来，那些精妙绝伦的手艺，在默默无闻的人群中，以一种看不见的方式，在一代一代人的手上被传递着。

　　城里的江西会馆、福州会馆等商帮乡俚汇聚之地，也是西安之外各地菜系集中荟萃之所，不乏调理烹煮的高超手艺。陕派菜系自不待言，远的汉唐不说，仅20世纪初慈禧西逃西安，关于地方上的厨师如何使她比在故宫里过得还要惬意的传说，早已风行各地。

李老三对此全然不知。

关于他的事情，现在已经无迹可寻了。从我懂事起，听老辈人说起过他。而当年提起过李老三的人，如今都死光了。我知道西安有过李老三这么一个人的时候，李老三不知已经故去了多少年。老人们对他的口传，只是只言片语和再也不会出李老三这么个人的种种叹息。

我对李老三的所知更少，无法在脑子里完全拼接出关于他的完整形象，也不足以结构情节故事出来，但李老三确有其人，他在民国时期的西安存在过。关于他有一手烹饪的绝门手艺，传说中是这么讲的：

只要他闻香，心里就能辨明其味的构成，随后还可以调理出比之更加奇妙的味香。李老三耳朵有过人的功夫，隔墙听刀案，便能说出所使的是直刀、偏刀还是背刀，对案面所切之物及长短形状，都能一一判断清楚。但凡汤菜面食，入他之口，其顺序调配，火候掌控，味理构成，即刻便能被他弄明。

西安城一位著名的老饕，不信李老三手艺的神奇，将他请到府里，点一道白油豆腐，试李老三的手艺，要求除盐少许外，不加任何佐料。一袋烟的工夫不到，李老三托出一盘无色的豆腐，老饕在边沿夹出一棱，其至纯的味道，令他不停在靠椅上抽搐，然后号啕大哭，连声叫道，此生死亦足矣。

正史或野史里不会有对李老三的记载。人们通常对美味的菜肴更感兴趣，却不愿意知道它究竟出自何人之手。史家们甚至容许自己对某个著名妓女的谈论网开一面，却极少肯提及一个身手不凡的厨子。说到宰相伊尹的经历，对于他厨子的出身，往往一笔带过，即便如此，也不忘用治国的大道理来比喻。因此，从文字记载里想要寻找李老三的踪迹，那绝对是徒劳的。口传的东西极为有限，还难免有演绎成分的加入。类似李老三这样的人物，在史册里是不复存在的。

但从口传的故事里可以确知李老三为人低调。一方面可能是出于性格原因；另一方面也说明他是个硬铮的人，不愿趋炎附势、摧眉折腰地生活。谋生或许对他不只是饭碗问题，尊严和骨气可能更加重要。这在随后关于李老三死的传说里也可得到证明。人世上有许多默默生活的人，他们的能力和精神品质，都是世上少见的，而他们对自己所拥有的东西，却全然不知，连同他们的人生一道，最后都被时间化为乌有。

在消散和被遗忘的过程中，传说里的主人已面目不清，而那些凸显出来的部分，又有了新的生成。对我而言，李老三的传说经历正在时间之中慢慢衰减，又重新回到了我的记忆中，我相信这背后一定是传说在传播的过程中获得了自身的动力机制。方向相反、相互作用的力之间，必然会产生能量。这也是李老三的事情对我极具魅力的力学原理。

李老三当年在其中做事的会馆，已经被全部拆掉，原有的地方早被林立的大厦所覆盖，人们也无从知晓他当年日常起居的背景。

关于他的死，也众说纷纭，后来被当成了谜。有人看到李老三从嘴里吐出了自己血淋淋的舌头，就在当街中昏死了过去。一只黑狗碰见了那截舌头，立马叼走吞进肚里。而李老三的舌头是自己咬掉的还是被仇家割断的，却说法不一。无论是谁人所为，这背后的原因今天仍然是个谜。那个西安城曾经最敏感、最知味为何物的舌头，最后的归宿确实离奇，众目睽睽之下，竟然顷刻间就了无踪迹。

这之后，关于李老三的死活，又成了另一个谜。有人说，他断舌之后就疯了，在回蓝田老家的途中，一头栽进了灞河，连尸首都被冲得不见了。也有人说看见剃度出家的李老三在终南山的寺院里，终日闭门不出，面对佛陀。

还有人说，断舌后李老三隐居于西安一家老字号的饭馆幕后。这种说法不久就被否定了。因为尝过那家馆子菜品的人确认，仅葫芦鸡一道，就绝非出自李老三之手。

李老三的舌头被狗吃掉后,便在西安城销声匿迹了。尽管之后对于他的死活,在当时没有定见。我所出生的城市,关于一个厨子的传说,留下来的,也只有这些。

解放路

街道是城市的血管和面孔。城市的节奏、表情以及它极具诱惑的多重魅力与因素，最终都是通过街道展现出来的。解放路80多年的历史在很长一段时间里，同西安的发展史重合在一起，或者说这条街的成长史，可以反映出西安过去近百年城市发展的极为重要的一个方面。即便它现在所展现出的面貌，也可以作为当下西安城市生活景象的代表之一。

实际上，自蒸汽火车与陇海铁路延伸到西安的那一刻起，解放路作为同西安南北中轴线平行的另一条南北大街，已经悄然地撕开了这座城市对于自身线性的构建。火车和铁路，为这座城市带来了前所未有的流动性和快速位移的节奏，也带来了前所未有的物流、人流和信息流。火车和铁路，意味着一种新的动力性因素，已经开始加入、参与并且在西安城市的构建中发挥着根本的影响力；火车所带来的一切，开始沿着解放路一代的地区聚集，新移民、更多的劳动力和工厂、商铺，随着解放路而延伸向西安的其他地区。南院门等旧的传统的繁华地区，在城市工商业新的政治经济逻辑面前，显得后劲不足，也就慢慢地式微了。在新式的医院、旅馆、工业和商铺沿着解放路拔地而起的同时，新的城市景象、娱乐和新的城市文化，也沿着解放路同步兴起了。包括民乐园、狮吼剧团、广仁医院、西京招待所等由新的文化因素主导的城市空间，已经完全改变了西安旧有的城市文化地理，也使日后西安乃至中国近代历史上的事件和人物，都出现在解放路周围一带所提供的历史场景中了。

西京招待所、八路军办事处和张学良公馆以及新城黄楼，由这些地方构成坐标和涵盖的网系，正是"西安事变"在空间构成上的关键。有许多历史的必然和偶然，也许便暗合了这样的空间关系，使它们在看似平常的表面，形成了与人物和事件之间根本的关联。

先是自辛亥革命后，旧城衰败废损之后，为解放路周围一带提供了足以使它兴起的荒地和空间发展用地，再加上西安火车站大量的人流，都是经由它的管道输送到西安的不同区域。对早先的河南移民、因战乱逃亡到西安的各色人等来讲，在解放路周围立足安身，是最为便利的选择。火车还为解放路带来了京津、山西等全国各地工商业人士，使得它在极短的时间里，成为西安的门户、重要交通枢纽和对外窗口，以及最繁华的商业街区。就连当时西安城中最负盛名的中药铺——藻露堂，都在解放路的街面上开设客栈，以方便外地前来的投医者。

解放路还是西安民国时期社会生活和历史场景的缩影。1928年，西安地方当局将旧城正式划为新市区，拓荒买地，进行开发和新的规划建设。考虑到未来的发展和铁路将要延伸到西安的需要，在东临的区域里，用泥拌碎石修建了尚仁路，后更名为中正路，1949年之后又更名为解放路。并把现在与解放路相交的东、西一至八路以"崇"字起头称为"孝、悌、忠、信、礼、义、廉、耻"路。1935年，陇海铁路通车西安，又在尚仁路北端（即现在的解放路）凿通城墙，开辟了中正门（即今解放门），并将尚仁路延伸，北接火车站广场，使它成为西安新的中枢神经。

南来北往的火车、车站、广场和笔直延伸的街道，以及沿街兴起的建筑群，充塞着巨大无形的政治、经济力量，让各方汇集而来的枝枝节节的缠绕，经由解放路为当时规模并不算大的西安带来饱满、动荡与喧嚣。这种情况至今仍然延续着，而火车站仍然是中国各个城市中各色人等杂陈和热闹熙攘之地。正是如解放路一样的地方连接了车站、码头等等道路，承接了城市外部因素多样性的涌入，才使得西安汇入了更为具体、生动的生活节律。不同的色彩、气息、方言流经解放路的同时，也为西安城市的叙事带来了层次和质感。

解放路在民国时期是一个包容多样性的地方。达官显贵在这里出没，灾民流民同样在此营生，彼此相安无事。这一条同火车站正对的道路，无论从它的现实功能和象征的角度看，都蕴含着包容和开放的姿态，就像伸出的手臂将要获得的拥抱与期待一样，对于异地的陌生者来讲，显得更为重要。这也是西安在那个时期所获得的对自己城市意义的新书写。

城市对于自身以外人物与事件的接纳，并不只停留于提供容留栖身之所。解放路上有着那些将要投入西安沸腾生活的人们所要的期待和诱惑。在人们心中，它既是一种对于陌生的恐惧，又是一种由此而引发的激情和兴奋，使得外来的人们能够在解放路的周围稳定下来。

同样，在1949年之前，这里与日常生活相关的设施与功能也日渐齐备，浴池、鬼市、游艺场所、影院、妓馆、医院等一应俱全。达官贵人的府邸与一般市民的棚屋鳞次栉比、相安无事。

到了20世纪60年代末期，解放路对于西安，就像王府井之于北京、淮海路之于上海一样。在计划经济物资配给短缺的年代，购物的重要性意义非凡，足以使一个城市的集中商业购物区因此而名声大噪。这个时候，解放路就像是西安的名片，而碑林、雁塔、钟楼这些历史的名胜地，都得退到次席。在我个人的记忆中，解放路上始终都是人流如织，而那些著名的历史遗迹，却常常门可罗雀。在解放路上的经历往往给人的是兴奋和喜悦，置身于解放百货大楼陈列的上海商品样品当中，似乎进入了另一个世界。其他的地方，都不会有如此新鲜的感觉。当时，西安的上班一族，在一周劳累之后，最想要做的事情，便是在星期天到解放路上逛一趟，即使没买一分钱的东西，都会觉得心里踏实。

更为重要的是，许多与日常生活具体相关的信息，多数也来自解放路，上海人的衣着，北京人的腔调，东北人的做派，以及那些产自外地的商品所载承的信息，都一一在解放路和它的周围呈现出来了。解放路作为西安与外部相连接的走廊，在过去的那些岁月里始终保持着自己高强度的辐射力。它支撑着西安不断与外界联系，并使这样的联系跨过了时空对于西安城市发展的制约，开始使西安的不同面貌趋向变成一个错综复杂的整体，而不仅仅只是沉浸在过去历史封闭的单一性存在里。如果要撰写一部西安城市的近代史，那么解放路无疑会成为这部史书上的特殊坐标。正是在解放路上所形成的与旧的西安城市生活的断裂与续接，常常会出人意料地带来西安城市空间新的想象。这样的新想象，某种程度上带动了西安城市最早的转型。同样，人们在解放路上与自己身处的城市进行交流，所面对的和所感受到的，都与别处不同。它们是一种新的城市体验和经验。这些新的体验和经验，既改变了西安人，也改变了西安这座古老的城市。

今天，西安正在按照国际化大都市的标准在构建着自己。新兴的区域，与周边城市的连接，似乎让西安将要发展成为类似洛杉矶那样的城市群落。

一个多中心化或非中心化，发散和取消边界差异的城市未来图景已经被展现出来。城市的中心正在被边缘化，而城市的边缘，则形成了多个中心。在这样的背景和对于未来的雄心当中，再也不会出现像解放路那样的单一中心化的发展机会，但在西安新城市的多元格局中，解放路并没有因为其他地方的兴起而显得衰落。恰恰相反，在近三十年的发展当中，它已经完成了一个脱胎换骨的变化。道路在原有的基础上被拓

在城市之间穿行

　　1983年的夏天，我拎着一卷行李在兰州的大街上四处寻找我要去工作的单位——西北民族学院。或许是因为时值公休日的缘故，总之我记不清楚了，当时兰州人民大多显得悠然自得、闲适轻松。姑娘们身材匀称苗条，在海拔如此之高的高原之上，太阳几乎是贴着脸儿恶毒地照着，但兰州姑娘依然生得白里透红，像本地出产的苹果那样，闪着健康的光泽，这不能不说是个奇迹。

　　从天水路到双城门，年轻小伙子清一色的公安装，蓝衣蓝裤，白塑料底板儿鞋，头上扣一顶军帽。在这样一个陌生的地方，街上满是不戴领章帽徽的公安人员，着实叫人紧张。我以为兰州正在举办着一个全国公安系统的什么大会，大概是会议间歇，代表们在街上转转，忙着购置些地方特产。我的直觉反复提醒我，要小心一点，这儿的情况不比西安，尤其是在"风头"上。在我成为兰州市民最初的几天里，公安人员的形象反复在我脑海里浮现。当我估摸着该是会期结束的时候，便跑到街上去看看，发现兰州城依然如故。我想兰州该不会是公安预备人员的聚集地吧。带着这样的疑惑向我的兰州同事打问，方知酷似公安人员一样的装束，正是兰州青年时下最为流行的服装款式。细细算算，这样的时尚与西安相差大约10年。所不同的是西安10年前流行穿军装,遍布全城的草绿色,同样让人分辨不清谁是士兵,谁是老百姓。

从高处望下去,兰州多数地方位于黄河的南岸。北面是山,南面也是山,中间便是兰州。虽然兰州作为城市在世界上不算非常有名,但与多数著名的城市相同,兰州也建在河的岸边,并且是一条大河的岸边。沿河有一条宽敞的路,叫滨河马路,恋爱中的兰州人,多数都在滨河路上走过。在兰州开往临夏的长途汽车上,我曾听一个被抱在怀里的幼童用兰州方言反复念叨着:美不美,滨河马路,黄河的水。

在兰州的3年当中,我从未感到自己是它的一个成员。它的巷子、街道、学校与我没有一丝关联,环抱着它的群山,对我而言竟是那样陌生。南关十字相当于西安的钟楼,是兰州的中心,我站在那儿,不知道回去的路,觉得它像是随便两条道儿交汇的一个十字路口,没有站在西安钟楼下的那种感觉。

我时常在黄昏时分登上兰州南部的皋兰山,整个兰州城就在我的眼前。它起初清清楚楚,又渐渐变成昏暗,然后,像由天而降的银河,星星点点。我清楚,夜幕的深处,河仍然紧靠北边的山崖在无声地流动着。位于西边的河段上有一座铁桥,大约是康熙或乾隆年间建成的。站在桥中央,听着流水冲击桥墩发出的轰鸣声,感觉整座大桥似乎时时刻刻都在摇动。汽车经过时,桥给人一种将要倒塌的感觉。这不是在梦里,也不是在文字和别人的转述里,桥的存在,在这座城市中比记忆还要久远。有段时间,我时常去那座桥,不是为了看它,而是想重温在它上面飘然欲飞的感觉。我在桥上获得了一种飞翔的姿态,像鸟类那样自由而又顽强。

兰州是我从书本走向生活的开始,同时又让我在生活之中更加接近书本。当我面对干枯的山野,奇异的种族和一种更为深邃、崇高的精神品格时,我清楚我孤身一人来到这地方是为了什么。我开始为自己的一切负担，孤绝地在物质条件严重匮乏的精神存在里流浪。在最底层，在异族人的精神空间之中活着。我要对我熟悉的东西说声再见，我要把脸背过去，赶上在黄尘飞扬的土道上远行的大马车。那些马贩子，黑店的老板和逃亡者的黑话、切口及私语，像火一样烧烤、刺痛、洞穿着我的心灵。它们是荒野之中一把明晃晃的尖刀。它们在语言的地下实施颠覆和破坏，在强力的高压之下完成对权威和等级的反抗。

兰州让我能够安静下来思考，让我有充足的时间通过书本来重新审视书本和我从小就认定的非常牢固的东西。在知识和语言当中，什么是我的东西，什么是别人的东西。兰州教会我怀疑，怀疑那些文化"精英"的话语，就如同寄生或依附在真理这个巨大贝壳表层的藻类植物，他们在所谓的文化与艺术当中钻营和栖息，到处建立联系，在真理的前面设置起一道道屏障，把老百姓隔在了外面。

在兰州我没有感到过自己的谦恭和自卑，它容纳了我，就像它容纳栖息在它任何一个角落之中的流浪汉、教徒、囚犯和各类异端分子；它像一个码头，收留了这些源自四面八方的逃亡者。兰州人像兄弟一样对待他们。在兰州你可以自由自在地呼吸空气，它承受了更为宽泛的相异性，这绝不仅仅只是表层形态上的服饰、种族和各类的礼仪，更为深刻的东西直达血液、信仰和心灵最隐秘的部分。他们宽厚松弛的行为方式告诉你，他们首先能够容接的是你的丑恶，而不是你的善举。你是一个穷人，这个城市仍然把你当朋友，就这么简单。那些从青藏高原日夜兼程、奔向兰州的藏族人，他们腰挎着短刀，口袋里也许没有一分钱，结果他们会发现兰州人民仍然友好地向他们频频点头。回族人、撒拉族人、裕固族人认定兰州也是他们的家。我这样描写兰州并不意味在兰州不存在暴行，恰恰相反，1983年在兰州夜晚的街头，依稀可辨出砰砰的枪声，那预示着在又一轮街头争斗中一位霸悍"英雄"吃了子弹。这枪是一种土制的火枪，但毫无疑问是一把手枪，兰州人称它为"钢砂枪",因打出的是与火药混成的钢砂而得名。在一步之遥的距离发射,可令对手的脸上开满紫色的小花,一辈子也没法消隐退去。1983 年至1984 年,兰州城内了结一桩桩恩恩怨怨和摆不平的事情,到最后用的都是"钢砂枪"。那时候,因为"钢砂枪"的缘故,我在兰州大街上行走的心情更是异样孤独。任何一把藏在兰州小伙子大衣深处的"钢砂枪"都会叫我心寒。我不由自主地又想起西安南城河沿一带的环城林,城墙和雨后涨满的城河水,小学时的课堂,我用小刀刺在课桌上的名字。我想到小时候,扯着母亲大襟衣服的一角,随着母亲四处寻找,消失在人流之中的大哥的身影。人们的脸色和衣服的颜色,不给我一丝一毫的希望和快乐。在兰州,我的恐惧、孤独和不安,与西安多么相似,却又完全不同。兰州、西安,西安、兰州之间的距离真真切切。而我既不是来者,又不是归人,我只是有一段时间,在它们中间行走,身在其中。

可以说,在兰州,对于宗教我是无知的,就信仰而言也大致如此。从兰州向西,是青海的湟中、湟源和德令哈,往东是陇西、定西,自然条件是残酷的。一切的一切也许都是可能的,但活着,再活下去是必须的和唯一的。在兰州我看到了真理,是底层、大众和穷人的真理,这便是活着。活着就是爱。它那样形象、鲜活地充溢在我的全身,成为另一种书本知识和睿智的大脑所无法理解的情怀。

都柏林在爱尔兰,有一个叫乔伊斯的作家就生活在那里。在兰州初秋清冷的晨雾中,窗外的街道让我想起那个老人和我从未到过的那座爱尔兰城市。难道是这两个地方的恐惧和暴力事件,使我产生了如此奇怪的念头和想法吗?这是一个多么无助的妄想。都柏林是都柏林,兰州是兰州,一个在书里,一个在现实中。眼下的兰州人正提着铝制的饭盒,蜂拥着朝向西固工业区流去,他们有的在沿街的小吃摊子上吃一碗热火的牛肉面,让身体暖和起来;有的用双手捂住铝制饭盒,以便双手不会冻着。兰州是工人和士兵的城市。约莫在早上九点左右，大街上便可看见三三两两从八里窑等分布在不同地区的兵营里走出来的士兵，穿着翻毛的军用棉皮鞋。那鞋子落在冻硬的柏油马路上发出咯噔咯噔的响声，至今时常回荡在我的梦里。这是一座士兵和工人的城市，但是没有战争和起义。这城市多么美好。所有向西的商队、教徒和文化的"淘金者"都要经过这里。1986年当我背着那卷从西安拎来的行李站在兰州火车站的月台上时，我知道我被兰州打败了，我曾经坐着时间的列车在这个叫作兰州的地方被甩下来，3年之后，我再一次让兰州甩了出去。道理很简单，当我置身于它之中，我竟对它的一切一无所知。我所接受的教育和所持的文化立场，与兰州格格不入。所有以文化、艺术的名誉进入兰州的企图和行为都是可笑的，可笑的不是文化与艺术和人的行为，而是人对随身佩戴之物的误读。

在西北民族学院我的那间宿舍里，纯属偶然的原因，使两帮人碰到了一起：一帮是我的同事，他们分属于不同的少数民族；另一帮是上海过来的两位诗人，还有当时在兰州的封新成和普珉，他们都是继北岛之后中国非常出色的诗人。这样的会面看似平和友好，又火药味极浓，双方谁都清楚谁是谁。意识和观念有相似之处，却又完全不同。尽管我已无法说清那天晚上双方都谈了些什么，但争辩、斗狠和平心静气的谈话气氛令我记忆犹新。很偶然的相遇，又非常坦诚地坐在一起直言相见，说崩了，大家仍能坐着保持着各自的尊严——是个人的尊严，而不是诗人和种族的尊严。虽然在整个谈话相聚过程中，有人不胜酒力，不时从椅子上滑落下来，但他们毕竟喝下的是烈酒，掏出的是素心、真心。这件事情之后，我决心使自己成为一个普通人，学会一个普通人做事情的本领，在人群中生活，在人群中思想，感受心路历程上更为巨大、更为隐秘的暴风骤雨。

这是十多年前我在兰州的一段经历，也是我今天生活中的一个梦想……

清晨的光

夏日清晨的短暂时光，通常在西安城南，显得易逝而又脆弱。空气中难得的凉爽，很快就被环城林燥热的气浪掩盖，城里生活有规律的人们，赶在天气热起来之前，已在林中完成了自己的漫步。

这种有规律的生活节奏，并不因季节的转变而受到干扰，即使在冬天，清晨里的那段时光都是一天当中宝贵难得的部分。

我曾经多次打算过自己在清晨里的生活安排，试图按照西安城南已有的规律开始每一天的工作和生活：6点左右起床，沿着南城墙与护城河之间的林中小路，走40多分钟，然后在树丛的空地上活动一阵子筋骨，与相熟的人打着招呼，说一些今天天气之类的话，再走到南门花园的报亭和饭馆，买回当天的报纸和早餐。

我的计划往往落空。清晨的美妙，对我只是一次次的设想，少有亲历的机会，因为自己多数时间是在凌晨2点左右才能睡下，属于清晨的那段时间，也是最佳的睡眠期，无法起身，汇入西安清晨的节律之中，享受一天起始阶段的短促时光。更多的时候，我在早晨这一时段结束后起床，匆匆奔赴要去工作的单位，与西安每一天开始的那一段生活失去了关联。

夜晚我才有闲暇来重温别人早晨已有的光阴。这个时候也会偶尔涉足环城林，尽量将因生活节奏颠倒而失去的那样一种新鲜的经历寻找回来。然而，黄昏之后的景象与感受毕竟会与清晨有所不同，路上所见的情景也完全不一样；夜晚也有在林中散步的人，多是恋人和性格孤僻怪异者。我在这个时候，也极易想到童年里听到的有关鬼魅在夜里林中穿行的传说，我脑子里现在依然还有这方面的暗示。我记得童年时与邻里的孩子在树林中玩捉迷藏的游戏，其他人撇下我一个，直到母亲在树丛中发现我之后，才把我带回到有灯的马路之上，我随后才感觉到自己又恢复了记忆。清晨在西安南城墙外的环城林带，不会有迷失的感觉。

我知道，一天开始之初的那段时光是清新的，便于人们在夜的陈腐中尽快结束旧有的困顿对人的纠缠。清晨在它撕开的纱幔之上，不断地涌现出令人爽朗的气息。那样的时间既是开始，也意味着一种消散，因为随后一整天的生活会接踵而来。

清晨也被当成一天之中更易于进入思考状态的时刻，由于尚未受到别的事情的侵扰，因为尚未来临的一切，使思考更加接近那些未知和无法确定的东西。这一时刻的非预期性，使未来一天的一切，都有了吸引力。

对于一个需要工作谋生而后才能写作的人，从一开始就被清晨排除在外了。因为他不靠写作来维持生活，也无须为自己的生计而写作。早晨，他必须为生活而奔忙，这一段时间，不可能成为使他陷入写作游戏的动力源，不可能由他来决定自己自身自由的限度。那样一种自由的限度，往往在清晨就已经展开，而他只能期望，在夜晚时去得到它。

4路公共汽车

2000年冬季,我几乎每天都要乘坐四路公共汽车。我总是在黄昏时分从西稍门上车,在西京医院下车,去陪伴重病的母亲。从1月到8月,家里的亲人相继病重住院,先是大哥,后是母亲。我除了上班,整日奔波在通往医院的路途中。4路公共汽车就这样载着我。

在那段日子里,我的身心已经非常疲惫。我拖着在工作中劳累一天的身体坐上车,在西安寒冷的冬日里赶往医院;然后,第二天清晨再回到单位上班。此前,我从未坐过4路公共汽车,甚至对它的存在都印象模糊,而现在它将我送达医院,有时候我还在它上面昏昏睡去。

一辆红色的公共汽车,穿过市中心的街区向城市另一端驶去,大街上忙忙碌碌的人群谁会理会它将开往哪里,谁能知道上边的人将要朝向哪里,谁又能发现这些庸常细小的世相背后隐匿的无数个秘密。没有人知道我的心情,没有人清楚我将要去照顾病危的母亲。4路公共汽车同样也不知道。不愿面对的事情,今天又必须面对;不愿看到的情景,今天又必须亲眼看见。一辆公共汽车,它在城市构成的巨大图景中是微不足道的。汽车上的人更是如此。这座城市有许多汽车,有许多坐汽车的人,有许多人必须面对的事情。

母亲就躺在心脏监护室里，她的心跳、心律、心脏的各种功能被清晰地呈现在那些医疗仪器之上。我已经感到了死亡正从某个地方慢慢走来，像昼夜的更替那样不可更改。我知道，将要到来的事情终将到来。母亲平静地躺在病床上，她的身体已经非常虚弱，心功能正在迅速衰竭，这一切使她身体再也没有力气同死亡进行抗争。但她在承受和抵抗着疾病带来的巨大痛苦和折磨时，她的表情，安详得让你看不出她在忍受着病痛的残酷折磨。好像一切都没有发生过。更多的时间里，母亲只是紧闭着眼睛，像平时那样安稳地睡着。其实她根本无法睡去，只是在难受得无法支撑的时候，才睁开眼睛，看着我。疼痛迫使她睁开双眼，她的眼睛里却没有一丝一毫的疼痛。她神志清楚，尽管没有力气说话，但我能感觉到她在安慰我，让我不要为她担心。

在那段时间里，4路汽车让我劳累的身体得以舒缓：我静静地坐在上面，看着曾经熟悉的街区远去，那里有恋人、母子和兄弟。30多年前，母亲也曾牵着我的手，走过那里，现如今，我成了往昔生活的旁观者，而母亲已经躺在医院里。这就是生命和时间，就像4路公共汽车，有它的起始和路线。没有人可以成为时间列车永久的乘客，人们所能够拥有的只是其中的一段路程和在路上的心情。

如今母亲离开人世已四年有余，其间我再也没有乘坐过4路汽车，但母亲的去世和乘坐4路汽车的经历，已经深刻地改变了我。我开始懂得了如何珍惜，渐渐明白了应当如何珍重在生活中遇见的每个经历，哪怕是苦难和琐碎、平凡的东西。我知道，苦难对于人类是没有差异的。当别人遇到它的时候，应当想到自己曾经的遭遇，也把它视为是自己的经历。人的一生会遇到许多事情，也会在这些事情中改变许多。这当中没有根本解脱的途径，只有承受、忍耐，和对任何平凡的事物保持内心的敬意，就像4路汽车，现在在大街上看到它，我会停下脚步，默默地看着它远去。

1968年的面汤

　　1968年，我家住在西安城南的小湘子庙街28号院。那是一座非常高大的宅院，由清朝末年在西安经商的江西人修建，取名为"江西会馆"，供来陕的江西人歇住。从城墙上看，"江西会馆"是周围最高最大的院子，被院中伸出的老树的枝叶覆盖着，在阳光的照射里，浓叶中露出的屋瓦灰亮灰亮的。我家就住在前院的三间东厦房里，敞敞亮亮。后院同前院大致相同，也是一座四合的围院，由厅房中间的过廊将前后联结在一起。

　　我就出生在那里，在通顶的木格窗和四扇雕花木门后面长到七岁，大约是1968年夏季刚过，我便背上书包上学了。上学的路从我家院子大门出去朝东，中间经过一家面铺，铁炉、面案摆放在街面上，铺子里放着饭桌，供人就餐。那家饭馆对我来说，是上学路上最吸引我的地方：红红的炉火，温暖的炉膛，还有大师傅身上雪白的衣服。有时候，大师傅会在剃得精光的头上顶一块湿布，放上揉好的面团，利索地挥舞起双手紧握的刀片，使一条条细薄的面条在空中划过一道弧线，落在滚烫的铁锅里。我们家那会儿靠父亲的工资养活6口人，母亲是家庭妇女，在家操持家务，哥哥、姐姐和我都在上学。虽说父亲的工资当时并不算低,但老家亲戚三天两头来要钱,农村的乡党不时地来西安看病,吃住全在我家,因此,我们的生活当时没有任何宽余。我知道母亲拿不出钱来让我吃上一碗面,我的梦想只是有朝一日能一边吃着放在书包里冷硬的苞谷面发糕,一边一碗一碗大口喝着那家饭馆的面汤。

有一阵子,我内心的这种想法让我如痴如醉。当我一步一步靠近那家饭馆时,我竟会情不自禁地闭上眼睛。我知道我想要的汤,一碗一碗任意地摆放在桌案上,我的眼睫和鼻尖已经能感觉到它们湿润的潮气;我能够闻到空气中暗含着的面汤散发出的气息,它们像春风一样,那么随和,一时间就荡漾在我的胸怀里。我口中渐渐地泛起的甘甜甘甜的香味儿,足以让我在课堂上回想整整一个上午。

期终考试成绩下来后,我挨了母亲的耳光,从家里逃出来,清冷的街道上只有那家饭馆炉膛窜出的火苗能够给我带来安慰。我走到炉子跟前,看着叫我欣喜的一切,站累了,就蹲在炉子旁边。天已经很晚,饭馆就要打烊,跑堂的老人看见我,嘿嘿一笑,顺手从锅里舀出一碗面汤递给我。我先是猛喝一通,然后面对剩下的半碗面汤愣神。那是半碗绿中泛黄的清汤,里边有过水的菠菜留下的味道,有碱的味道和麦子的味道,但它们都是极淡极淡的,淡得喝不出味来,只是喝下后口中存留的回味。那汤是清亮的,不是用面粉调拌成的那种,而是将麦子的精气神全然留住却又绝少见到麦粉的那种,就像自然让世界上最伟大的事物都蕴藏在泥土、水、空气这些平凡的物质中间一样。

在我的故乡,长期以来,拉架子车的出力人以面汤解渴、充饥。这种极普通、极普通的汤,滋养了那些整日奔跑在路途上的下苦人,它淡淡的意味,给了人身体持久的耐性和韧劲,以及水分和能量。我相信世上的东西,本无所谓高贵或低贱,无所谓大和小。一碗面汤,在今天看似无足轻重,却让我记得生命中曾经有过的一段时光。

劳动路和湘子庙街

从城里去劳动路，要从西大街向西，出西城门，经过西关正街到了西稍门十字，才能看见劳动路自北朝南的牌子，十字路口以南叫劳动南路，北路位于北边。

4路汽车在南路口上有一个停靠站，但不叫劳动南路站，而叫西稍门站，此处上车下车的人大多去了劳动南路。607路由北向南穿过劳动路，开往高新区的电子城。还有许多没有路号的中巴，也从劳动路上经过。

20世纪80年代初期，我到过劳动路，是去西关机场，那时还没有劳动南路，北路则初具规模。南路很短，通向机场的东大门，周围是零星的菜地，有几家民航和空军的单位。

在此之前，我一直住在西安，劳动南路则是绝少去的。我印象中它是一个与飞机有关的地方，不等走近，已经能听见巨大的引擎声。

在西安生活，我先后住过的地方有：小湘子庙街、北院门、大庆路。大学四年里住在翠花路的陕财院。工作之后，从兰州调回西安，原单位在西后地有宿舍，也在那里短暂地住过一段时间。住地的变换，多与生活有关，于我自己实属无奈。1993年底，我调进了劳动南路附近的一家单位，父母又住在大庆路，每天就在劳动路的街面走动，直到现在，一直没有改变。

湘子庙街代表着我在这个城市生活的童年记忆。它是安静的。没有什么可以打扰它，像坛中封存的老酒；北院门处在浮动的状态，已经印象模糊；大庆路则是老家与新家的标界，就此我离开了父母，成立了自己的小家。劳动路是我现在的生活，我每天要到那里去上班，隔两天又经过它，到大庆路上去看父亲。

地方对于人在意识形成的初期是重要的。个人的记忆需要凭借它作为依托和参照。我自己心里底色的元素却是没有劳动路的。也许是年龄的缘故，在我开始踏上了劳动路之后，而它却很少能够形成我主观上的加入。我在它的街面上，来了去了，去了来了。

西安城南和湘子庙街一带仍然影响着我。我的记忆似乎永久定格在了那里。这些年，我内心潜隐的向往便是对它的不断回溯。我在劳动路上每天重新开始，但却依赖于对湘子庙街的不断回溯。湘子庙街是始终的出发点和落脚点，它给予我在劳动路上行走的能力源。西安城就这么大，而我自己住过的地方毕竟更有限，真正能像种子种在我心里，成为我身体一部分的地方，更是微乎其微，而我现在生活、工作在劳动路上，也并不是对它缺乏情感关注。

这些年我自己在不断改变。成家之后的生活压力也随之增大，少了清静，多了许多无名的隐忧。从劳动路上经过，也都是来去匆忙。许多事情，于自己内心所想是本不可为的，但却每天都在眼前发生，而我还明确地知道其中的曲直，却依然顺从着。年复一年，听任着摆布，又无力改变。有时候走在劳动路上，我所经历的陌生的事情，变得更加陌生，只有童年住过的湘子庙街，还能让我感觉到平静。

自从我住在了劳动路附近，路南段一带先后建起了两座过街天桥。西工大西门口的那座建得要晚，只因为学校扩招，学生宿舍盖到了东桃园村，才有了必要，主要是为了方便学生上课。我每天要经过的民航天桥，比西工大的天桥要早建许多年，它在民航大厦与我们单位的大楼之间横过，我每天不得不从上面经过，原先劳动南路的马路中间没有摆放铁栅栏前，我一般不走天桥，而是横穿马路到单位。现在的情况是：早上八点，从七楼下来，经过民航家属院的大花坛到东大门，向右五十米上天桥，下天桥后向右再五十米，再走四层楼梯。

  2006年的冬天，西安也遭遇了罕见的冰雪天气，下班之后，劳动路上的行人已经稀少，我在天桥上看见过一个中年男乞丐，低头跪在天桥当中，面前的瓷碗放着零星硬币和小面额的纸币。有时候乞丐是一位妇女和一个孩子。我弄不清楚他们是不是一家人，他们乞讨的时候同样都跪着，同样没有言语。后来清扫积雪的工人以为有人在天桥上堆积起了雪堆，结果发现是冻僵的乞丐。听同事说起这件事情，也没有再问是不是一个中年男乞丐或是一位妇女和一个小孩。

  我在西安的生活就是由路开始的。早先是湘子庙街、北院门、翠花路、大庆路。有一段时间是莲花池街、莲湖路。还有书院门、南院门。现在是劳动路。自从高新开发区建成以后，劳动路的南端也被打通，相接着开发区里的主干道，这样绕过科技路，从唐延路上还可以通向西万公路。从西万公路可以进南山。

  这些年，我的生活变得简单得不能再简单，只剩下了两条路：湘子庙街和劳动路。我本以为曾经走过其中的一条或另一条，两只脚能够配合一致、步调统一。现在我时常还觉着，其中的一只脚其实一直朝前在走，另一只却在往后退，不断地朝着两个方向相反的尽头。

  向后回头的路应该是湘子庙街了。还要朝前走的路一定是劳动路。两条路，一前一后，尽在眼前，原本又深不可测。这样想并不见得有趣，在我也绝无只属于个人的特殊用意。它们就是我现在身在其中的生活。

生在西安

有一年，我们几个20世纪60年代初期出生的西安哥儿们去上海玩，在公共汽车上碰到两个上海人吵架。一路上他们为何而吵，吵什么，我们全听不懂。确切地说，上海人吵架留给我们直接的印象，就像是在演唱江南一带曾经流行的某种小曲。令我们大惑不解的是，到了终点该分手时，他们竟互相说了类似"谢谢"和"再见"的客套话。我们本想尾随到终点站，瞧瞧上海人是怎么打架的，但上海人却给我们看了"吵架的文明"。照西安的规矩，像这种情况，他们中的一个肯定要被放翻。

改革开放的头几年，我的同学都往外省跑，他们带回一些洋烟、墨镜、雨伞、假鞋、旧衣服之类的廉价货，在西安的大街小巷叫卖。他们同样还带回来了许多在沿海一带的城市从一条街打到另一条街，然后打遍整个城市的传奇故事。

西安曾流行一种叫"发糕"的食品，它是用苞谷面蒸制而成的，添加着适量的糖精。上小学时，我们多数人用它做早点，有些家庭拿它做一日三餐的主食。吃下发糕后，通常在课间操时喝一些自来水，否则，胃酸的滋味极为难受。冬天，这种食品藏在衣服的深处，可以借得一些体温，吃起来味道会好一点。

　　由于邻居们不断把杂粮供应还要吃紧和备战备荒的各种小道消息炒得神乎其神，因而，我们对能吃上发糕，多少还有点幸运之感。现在，每天接送孩子上学成了我生活的一项重要内容，以至有一阵子，就连做梦也是来来回回接送孩子。我守时按点，一天几趟往学校门口跑，是因为我在学习上被耽误了，再也不想叫孩子吃这个亏。尽管她们做的算术题我看不懂，但是，为她们跑跑腿，却不在话下。有几次，我提前去厂学校门口，我在那儿等着，抽着烟，歌声越过学校的围墙，清晰地传进了我的耳朵："灿烂的阳光金色的童年……"

　　我当时直想哭。不知怎么回事，我总觉得我女儿也站在合唱的行列中间，她的嘴巴噘得老高，她的歌儿，像是只为我一个人而唱的。想想我们那会儿也是按部就班地从小学进厂中学，但我们哪里是在上学，说穿了纯粹是在混。

　　西安城很大，现在变得越来越大。西安城住着许多人，各色各样的人。20多年过去了，有的人坐上了小汽车，有的人住宾馆，有的人还蹲在局子里。我正好赶上了那岁月，顺便带给你这些故事。它们全都是真的，不信你可以去西安南城墙一带问问。

我的理想

庖人厨丁,虽与世事变迁,权力暗斗的情势无涉,但却时常被自持正统的社会阶层所鄙薄。厨子难入室登堂,以手艺当饭碗,斫脍烹茶,掌勺操刀,做羹调味,方法使尽,怎么看都还属雕虫小技。这其实已大错特错了。商时,伊尹辅汤灭夏,是以烹饪推知治国安邦的大理。老子也讲:治大国若烹小鲜。且不可对身怀绝技的厨人小觑。

我们单位若干年前轰轰烈烈搞过一阵竞聘,也有一些小插曲:先前的大厨炉头,脱掉围裙,西装革履地站上了台前,引来一些人的不爽,遂在网络上冷嘲热讽、讥言相加,现在看来,实不应该。

我小时候,家住在西安南城的大杂院,有位邻居是"东亚饭店"的厨子。叫我印象深刻的是,他时常右手拎一根麻绳,拴着一串猪肠子,心满意足地走回来,院子里此后就会泛起煮肉的香味。

一根猪大肠在1971年里是件多么具体而深刻的东西,它让我至今难以忘记。我清楚地听见了我的身体因此所产生的动响。我想我最初的幸福感大约与鲜活滑溜的猪大肠有关吧。这是那个年代靠得住的东西:具体、实在、有用,一点也不虚幻,与当时的风气格格不入。

我想成为厨子的想法,由此产生。那时我大约十岁。我真想,一点也不作假。

"文革"之后,庖厨这个行当的好处不动声色地显露出来了。厨子和司机在生活里是受人尊敬的。他们大多活得自足大气,少受世风的牵涉,安静地带着自己的手艺,不显山露水,入俗且平易。

有一门这般的手艺,在我看来的确了不起。厨子所亲近的东西,均与枯肠饥胃这些身体的提示相联系。"文革"中,厨子基本上都是看客,无论哪派,都不拿厨子说事。别人或许会在风浪峰顶或谷底,只有他们在过日子。平凡的日子,一点也没有放大,绝不超出身体的高度。

职业说到底也是一种分类的结果,是权力政治统摄的需要,是选择价值意义。但厨子在生活中永远不会是英雄,他们只扮演他们自己。一点也不会被其他的东西所惊动、打扰;一点也不担心所做的事情会被别人忘掉。那些于身体而言真正强大的东西,都是平凡的,拿得起放得下,大气超然,随遇而安。

少有人在赴宴之后会想到厨子。厨子也不会自动地走到桌案前来。人们关心菜肴本身的程度胜过关心厨子。厨子只代表了生活中的家常或日常。而家常是不能断的。

想想看,这么多年,我读的书,学会的东西,我的奋斗,多少又与我的生命相关。在不断强制性地镂刻于我大脑中的理想符号的挤压下,想起我的邻居——拎一根猪大肠回家的厨子,我曾经的理想,依然觉得美好,丝毫不觉得做作。

自行车

　　自行车消失于城市公共视野的领域并非一件久远的往事，但这种变化却是悄然而又不易察觉的。仿佛是在一夜之间，它们便随着黑夜离去，而极少呈现自己在城市道路上的踪影。自行车已被驱赶到了一个人们极少能够看见的地方，马路已将过去给予自行车通行的空间剔除殆尽。根本的变化就藏匿在这样一种神不知鬼不觉的进程中间。有时候，一个时代的到来与另一个时代的离去，并不意味着要留下所谓的宣言。

　　自行车淡出城市生活的沸腾景象，并不意味着这样一种富含魅力的器物在时间中被风化和老去，恰恰相反，它所创造的城市空间的自移性和自主流动的永恒活力，为早期的现代城市格局的多元化与多样性，增添了无尽的想象力。

　　尽管我们现在已经很少能看到自行车在街道上如潮奔流的场面了，今天的城市少年，也极少有机会在黑夜里，骑着自行车沉默行进，同黑夜一道共同探寻城市角落隐藏的秘密；但这绝对不意味着自行车作为一种精妙的奇思异想，作为一种伟大的发明实践，它的意义有丝毫的减损。

　　自行车依然是城市体验与城市地理志最合适的撰写者。它的速度、节奏和随意性，它的停顿和类似漫游的行进状态，以及它的变化与简洁单纯的方式，还包括它所能够在城市的各个角落实现的漫无目的地逛游所包含的意指，都是解读城市空间文本结构、探寻城市秘密最好的路线图。

在自行车上观察城市，你不用担心它太过快或太慢。它和街道上的行人可以并肩前行。在你和城市与人群之间，永远不会隔着一层玻璃。在自行车上观察城市，也不会等同于在摩天大厦之上探出头来的观看。它不会让你置身事外，不会让你有居高临下之感。在自行车之上，观察者也是被观察者，还同他所观察的对象一道，共同组成城市的风景。

自行车是在沉默中行进的，它是人行走方式的自然延伸，并且强化了人类行走固有的本质特征。尽管它也出自人造，但它在根本上不会与人产生分离。它与人心手相应，它和人亲密无间。它是人性的化身，而非功能的载具。它与人的亲近不会带来噪声，它的移动也不制造轰鸣。它并不以压迫的方式靠近它的目的地，也无须启动或关闭自己的引擎。它随时都可以停歇，同样随时都可以行进。

在自行车上，你可以环顾四周，也可以停下来与陌生人交谈。在它之上所展开的褶皱是全景式的。你可以从中领略城市的细节、味道和温度，还可以感知人情、人心与世故。它绝不去将丰富而多彩的城市经验简化成为玻璃窗上二维的图像。

作为一代人的成年礼物，自行车已被镌刻在了那个年代人们的集体记忆之中。作为礼物，它无须回报，更不怕被历史所遗忘。它摆放在人们面前，无须收回，更没有过多的耗费。

《阳光灿烂的日子》和《17岁的单车》，都是自行车对人们集体记忆与个人参与的诗意展现。自行车已经实现了人与自身与时空之间的诗意组合，它如今是否在大街上出现，是否仍然是居于支配地位的交通方式，都变得无足轻重了。在变化中变化的东西，未必会长久；在变中不变，才意味深长。

自行车从来都不只是单一的工具。它还意味着人有效地参与城市进程和有效地参与自身塑造的一种方式。这样一种另类的方式，已经化作今天的城市背景和秘密，已经深入城市的空间结构当中。自行车在它身后所留下的生命，也会让今天的城市永生。

年关

在我童年的期盼中，最持久最迫切的愿望要属等待过年了。过了年就可以长一岁，个头也会增高，能为家里分担做点事情。我的外祖父外祖母去世早，留下小舅一人在乡下没人照顾，我母亲就把他带到身边，加上我们四个孩子，都要靠我母亲经管。记忆中我父亲的工作总是很忙，很少有时间同我们在一起，"文革"后去了凤县山区。我的老家离西安不算太远，亲戚乡里来西安看病，都住在我家，我母亲要操劳的事情自然就非常多了。那会儿母亲还义务做着居委会的工作，我想，要是我能再大一些，能给母亲帮上忙，家里情况就会好起来。这是我盼着过年长大的原因之一。

我童年的世界，是一个疼痛的世界。因为母亲患有先天的心脏病，家里整日都弥漫着中药的气味，但旧历年的前后，母亲是不熬药的，她把药锅和药包不知藏在了什么地方，也许是想为我们未来的日子带来些好兆头与吉祥，不想使新年伴着药的味道度过。这使我对年关的临近，又增添了神秘感和敬畏。对于过年，那时候我还觉得母亲知道我所不知道的许多东西。

过年的感受，我比同龄的孩子感知得要早。每年中秋过后，母亲就开始了拆洗和缝补，随后的每个晚上，便可看见她在灯下为我们缝纳过年要穿的衣服和鞋子。我有过一件短呢大衣，是用父亲的旧中山装改做的，每年母亲都要在上面翻新些式样，让我穿着的感觉就像崭新的一样。

我在新年里穿的棉鞋定会是新的。母亲将旧衣服找出来，剪裁掉破碎的部分，打好糨糊，一层一层在我家的南墙上粘成做鞋底用的"被子"，然后就叫我站到她面前，脱下鞋子，在报纸上留下鞋样，并且总要摸着我的头说：老四的脚长得最争气。

母亲筹划一年的日子也是以旧历年为圆心的。新年是起点也是终点。一年里的事情由此到头又重新开始。她习惯依着这样的节律来盘算实际的生活，将每一件要做的事情打理得井井有条、干干净净。比如说暑天里所产的豇豆，她总要留一些，用开水煮过，在绳子上风干，备着大年三十晚用作吃火锅的辅菜；冬柿泛黄后，她会用我家的黑釉瓷缸，围拢一窝，在当中放一只苹果，不等我在新年里醒来，鲜亮晶莹的柿子就已放好在了我的床头。

我母亲是个好强的人，她在生活的细小事情上都用着心劲。年关在她看来更是大事，不得含糊，即便年三十那天再忙，也要抽时间带上我去城东的八仙宫，给吕祖爷爷磕头，求他保佑我们这些孩子不要生病。因为病让我母亲的身体感到了彻骨的疼，也成为她对我们的担忧。直到前些年，母亲病得无法起身了，在年关之前，总也不忘叮嘱我去为吕祖敬香。

我生在一个普通人家，过的是平凡的日子，回想起来，对于生命中幸福的完整感受，也源于童年里关于过年情境的记忆。尽管这中间有许多年父亲无法同我们在一起，多少在年节里会有一些孤单和对父亲的想念，但母亲把我们围拢在一起，让父亲不在我们身边的岁月也成为幸福的时光。

在童年里,我的家境不能算好,所能拥有的物质条件在今天看来都显得微不足道。我的成长和经历,又恰遇上整个国家生活的纷乱与人心的动荡,但在年节里,看到我家新糊上去的窗纸白白亮亮,我心底里还是感到了希望。其实当时在我们的那条街上,境遇不如我家的不在少数,但每家每户的年都得过,年年都要过。过年让维系生活的心劲变得更为持久和长远。

随着年岁的增加,年节的重要性也不比从前了。但我从不会忘记在此之前,去到母亲的墓前,接她回家,同我们一起过年。

荠菜

每年三月青黄不接时，绿嫩的荠菜生出，母亲定要为我们采挖一些贴补不足。荠菜的叶呈羽状分开，叶片上有齿形的缺刻，长出的花像白色的点子。

我家搬到湘子庙街后，隔一条马路，就是南城墙。记得在清明前，我也去城墙上和城河沿的环城林帮母亲挖荠菜。提一只篮子，拿上一把小铲，在渐渐温润的风和刚刚醒来的树林寻找。有时候，还能采摘些野蘑菇。灰条和艾草此时还是干枯的，只在接近虚土的地方，才显露出一些湿气，让人觉得，生命仍然在其间存活着。

整整一个冬天，城墙和环城林绝少有人涉足。三九天河面也被冰封住，在上面向远处扔一块城砖，比想象的滑得还要远。植物在渐次积厚的雪被下熟睡了一个冬天，大约到了惊蛰以后，潜伏起来不食的三毛虫不知从什么地方跑出来了。荠菜比其他植物对春天的感受更灵敏，拨开一丛枯槁，它们已经在虚土上起身了。

通常阳面的荠菜长得肥壮，用手可以把它们连根拔起，细长的根须沾满着零散的碎土沫，贴近鼻子闻，有泥土特殊的香甜味儿。阴坡面的荠菜多趴在地面上长，颜色更绿一些，叶片瘦而长，若是清早或黄昏时起满一筐，它们每一棵叶面上都还蒙着一层灰白的雾霜，嘴里含上这样的叶瓣，除了荠菜本身的味道之外，那些霜尘慢慢化开的情形，似乎也能明确感觉到。

要是这时候来一场春雨，荠菜长得会更加嫩绿，城墙和环城林里，也会平添些生机。沿着河岸往林子的深处走，幽幽的地气，不断朝上窜腾，林子里的气息此时也有所不同。土地和树木，一年里似乎只在这时候才将独自拥有的那种鲜活的味道散发出来。它们在空中飘动着，散漫在林子和河面上，丝丝的气息渗透到我的神经里，让我还能感觉到身体里那些沉睡和潜藏的东西正在被慢慢唤醒。被冻皲裂的双手，此时，也恢复起弹性，变得红润起来。一旦等到天热，所有的一切便逃得无影无踪，荠菜也会开出白色的花粒，星星点点，没有香气。

母亲通常把荠菜洗净，放进清水中再浸泡一阵子，然后，捞出置于面盆中，撒上面粉，掺和一些苞谷面，用一只手拌匀，放在蒸笼里，15分钟后便做成了荠菜麦饭。我和姐姐将蒜皮剥去，捣碎，母亲在蒜末表层撒一些盐，添上辣椒面，将一勺烧热的油泼上，调在碗中的麦饭里，这样，往往能吃出一头汗来。有时母亲也在上面浇一些红烧肉的汤汁，夹上几块肥瘦相间的大肉块，只是吃起来肉的味道过浓，不及素的吃着清淡。

荠菜在热锅里过水后，晒干水分，直接放在嘴里咀嚼，有少许的腥涩味，剩在锅里的汤，是青绿色的，喝了能解毒生津。我们家做凉拌荠菜时，母亲只在其中放少许盐，滴几滴香油，调些许陈醋。这是荠菜最正宗的做法，保持着原汁原味，汤水往往也被我大哥喝得干干净净。

清明前吃一顿荠菜饺子，是我过了旧历年后就一直热切期盼的。想一想荠菜拌上老豆腐，放上炒熟剁碎的鸡蛋，实在是件大美的事儿。我为此常跑到城墙和环城林里看荠菜起身了没有，然后把所见的情况告诉母亲。母亲会提早备好所需要的面粉，再去北院门老马家杂货铺子，购回上好的辣椒和调料，只待荠菜芽子冒出来，我们就最先尝到了新鲜。这一年余下的日子里，我便再没有什么牵挂了。

荠菜生出来的时候，多数菜店的货架上，由于节气的原因，往往是空荡的。我也不明白为什么菜店当时不卖这种菜。前几年，一位朋友送我一袋子生在大棚里的荠菜，样子比野生的入眼。据说如今的超市里，摆放上了大棚荠菜，西安众多馆子里的荠菜饺子，就是由郊外的大棚，源源不断地供给着。

荠菜在我看来已属旧菜，也多年未见。想起来，会自然联系到从前的生活。对于我家来讲，它还是一种救急的菜，缺了，我们的汤锅里就连绿影都看不见了。在城墙上和环城林里挖荠菜，也像是我们随后的人生经历，尽管简单平凡，但回想起来，总觉得有一丝温润的气息。

茶味

　　喝茶这样寻常的事，如今在我的生活里已经完全不可或缺。这大约是工作之后逐渐养成的习惯，于不经意间慢慢有了茶瘾。

　　我已记不清早先喝茶的情形，就像是赶夜路的人，天明之后忘记了来路。这也使茶的意味中多了一层永不可得的气息，似乎口中的清味还导引着另一种潜隐的业已消散的东西，像是味中之味。

　　茶就是这么奇妙。

　　我独自在家里喝茶是没有讲究的，也不在意品级是否名贵，只是在朋友相聚时，才偶尔见识过茶饮的门道，也品尝过上好的茗品，这些对我都是难得的经历，也给了我乐趣。但是，真正无法割舍的还是茶作为日常生活的一项用度，成为我生活本身的构成。长久形成的喝茶习惯，也让我不敢轻视和懈怠自己所要面对的生活。

　　我已人到中年。年轻时有过荒唐的想法，也做过错事，对自己的内省和反思，常常是由茶来相伴的，其中的滋味也是伴着茶吞进肚子里的。若是无茶，怕是无法与自己的内心达成谅解，也不能够消弭对自己的自责和愁苦。许多时候是半杯喝剩下的隔夜茶，叫我的心绪获得了安宁，让我有耐性去在时间之中静静守候。我深知自己生活里有许多的无奈，促使我不得不去做好些事情，长此以往，最终便形成了惯性。而茶饮是在不觉中与我相伴的，并且暗自在治疗着因惯性而生的痛，就像是一台心理和情绪的制衡器。

我不是一个对生活有太多奢求的人。到了我这把年纪，生命更多呈现的是减法的过程。有些东西已不必苛求了；有些既有的想法，也该丢掉了。唯一值得保留的还是那一点对于生命的原初记忆，和童年对于幸福的亲身感受，它们都像茶的意味一样切合实际，在身体的感受中那么牢靠而又不可更改。

我信任茶味带给我的简单而平凡的感受，在对茶味的感知里，身体对庸常重复的生命节律似乎也有了觉察。我感到了自己心的自动朝向，不再是身不由己的浮动，像是在时间之中来把生命的椅子牢牢坐定。

有了茶饮的习惯，并不意味着好或坏，在茶味之中不可能获得想要的具体承诺。知茶懂茶的人并不奢求能使自己延年益寿。茶有更深的意味，就像时间永久的重复，让人能够看见和感受得到，却永远无法说出。

喝茶是寻常的事。很多时候，人们就是靠这些惯常的事物支撑和维系生活，茶在这中间让日常变得意味深长。假若没有茶，古代的高士还能拿什么来与生活中持续的简淡的感受相互契合呢？在类比中寻求心绪的对应物，完成一种自然的转换，形成托物寄情的过程，精神在现实里才可有所依托。

茶还是一个更为隐匿的角色。褐色的液体流经身体，就像时间的穿过，没有向度。它承续身体之外的经验，又在身体之中启悟未曾有过的感知。正是茶在身体与生命的交叉点上，激发对身体感应的重新思考，使思考本身像事件一样展开，沉入绵密的空寂。

茶味的奇特效应更像是文化的产物，而非自然的属性。它的苦涩、浓淡与香醇，被赋予了它自身构成元素之外的许多东西。在与情境心绪交相辉映的过程中，它增值的效应还生产出新的东西。既不造成时序倒错，也不导致理性的位移，而是不断形成对常识的重复。

在重复中，关于茶味，我个人能说的，只是沉默。

马路的秘密

童年并不是已逝的一段时光，对我来说，那些留在记忆里的东西，将终生与我相伴。一旦我所经历，就成为我之所有。它们并非像有些人所讲的那样，在时间当中构成线性关系。童年有时就是我的现在，它不是在此以前，而是我所有的现在和将来。

那个被人们称为童年的奇特的时间经历就好像是刚刚发生或正在发生的一些事情，我仍然置身于其中。那时的我才8岁，而现在差不多快40了，这中间的距离竟然如此之短，仿佛只有一瞬间。那些人还在，那些个房子至少在记忆之中还存在。西安的街头、城墙和环城林，我们住过的那条巷子里的故人，虽然我已叫不上他们的名字，但仍然能清楚地记得他们的样子。他们是永久不变的，就像是我的童年。童年里，我见到过普通人的生死，我知道他们在我们那条巷子住过一段时间后就离开了，有的被送回了出生的故土，被埋在那里；有的被送到南郊的三兆公墓。而今天，这样的过程依然如此。我看到人的存在和离去，他们一个个倒下，就像是我曾经玩过的多米诺骨牌，一个接着一个。从那时起我就感到了自己内心的脆弱。生和死所构成的一幕幕惨景，让我过早地在西安大街小巷飞动的纸钱面前目睹了。我内心里涌动起一股莫名而巨大的烦恼和痛苦，这烦恼和痛苦改变了我，伤害了我，而且现在仍然伴随着我。我在人生这两个大字背后依稀看见另外两个字——"生"与"死"。一个刚刚开始记事的幼童，让他目睹记忆的起始和终点，对他而言难道不是一件残酷的事情吗？向他隐瞒则意味着更为凶残。没有人向他有意展露或掩盖这一切，他自己站在马路旁看见了，随后，他悄悄地躲开，把自己封闭起来，不与外界发生关系，并以此保护自己，抵抗迎面而来的东西。

记忆是抹不掉的，更多的时间里在与人有意作对，它固执地将人想忘掉的东西在黑暗中放大和强化，让你永远挥之不去。马路就从家门口开始，它在我们那条巷子里已经同其他道路相互汇合。世界上的路最终将汇合在一起。它们从这里通向那里，又从那里伸向更为广阔的领域。没有一条道路是完全封闭的。路和路彼此呼应。每一条孤独的道路在伸展开之后都与别的路发生关联，它们朝向对方延伸，精密细致地在大地的表层织出了层层丝网。道路没有起始，或者说它的任何一点都是起始，比如家门口。人走了，又回来了，直到有一天他永远消失在路的中央和深处，便走到生命的尽头。路不仅伸开，彼此间构成更为广阔的东西，它还展露出人的生死、命运和一生的辛劳。

我童年的记忆永远停留在西安城南那条浓荫覆盖的马路上。只要它还在记忆里，光阴的流逝便会使我安心。记忆能够穿透任何东西，使它所保留的一切不受伤害、完好无损。那条被枫树和槐树高大的枝干所环抱的马路，带来了许多陌生的信息。一条路，它张开又收缩，它带来又携走，它遮盖又敞露，全然不顾一个孩子内心的想法。马路重复地展现、飞快地流动，在它面前幻化出各种各样的景象，在由路组成的神奇的迷幻里，这个孩子要疯了。他内心的平静被路上的声音烦扰，被路的变幻和尽头的深度所吸引，并且变得茫然、不知所措。

他看见在路上刀子与刀子的追杀，流血的脖子如何向外喷射着热气；他看到夜游的疯子如何幽灵般地从一条街区走向另一条街区。他的童年是在许多事件所导致的仇恨的阴影中度过的。那些仇恨实实在在，却像空气一样用肉眼无法看见，导致人和人之间相互的一次次砍杀、血洗。正是这些让人陌生和感到奇怪的东西，就散布在马路的中央，被人的呼吸所收缩和隐蔽，构成最为疯狂的思想行为的核心。仇恨是马路的另一条界线，一旦逾越，便会使路的千姿百态消逝在它的永恒展露里。仇恨的马路是一种缺陷，正像躯体的伤口可以洞穿心灵那样，它同时让你在眼前，看到自己如何伸向天空的腹地。

　　在我生长的城市，有一座被称作"钟楼"的古代建筑，耸立在我们这座四方城的中央。围绕它的是环形的马路，有四条马路与它衔接，或者说环形马路可以伸向四个不同的方向。钟楼不同于道路两旁的其他建筑，供人在路上观赏，它本身就是这座城市所有马路的"中央"。在路上，在所有路的交汇中它形成对路本身的视野。它无处不在，通过圆形的道路的环绕，它包含着行走的任何一个方向。在高出马路的完全开放的视野里，它获得了一种凝视，获得了一种比天空还要深广的覆盖，使对道路的注目变成了目光的笼罩、俯瞰与斜视。它的钟声不仅用来报时，还参与了在马路上行进的步律调整，从脚步和道路以外的地方规约着每一次的到达与离去，形成我们脑子里"承继"概念的联结点，形成一条路口与另一条路口的错过与汇合，形成心灵的时钟有规律地敲击和错乱。

　　自从有了记忆，路就无处不在，一种送达在彼此的相遇里，在一群被路隐隐约约浮现在天边的行人里。我从中看见车夫邻居曹伯，他的黑棉袄上紧紧地扎一条草绳，贴胸膛藏着一个烤熟的红薯。曹伯让我坐在架子车上一同出去跑活儿。他一辈子的时光全跑在了路上。在路上我看到我们的城市成为活动的风景。

　　靠在路上日复一日、年复一年地奔跑，曹伯养活着自己和一家人。但我记得曹伯当时已经老了，已经不适合做苦力。他像一头毛驴，很小时就在西安城的大街小巷奔跑，所不同的是他已经不再像当年那样精壮强悍，而成了一匹瘸腿的老马。他已经失去在马路上奔跑的能力和资格，马路对他而言不再是钱与一家的生计，但曹伯还愿意拉着车子，有时载上我，在马路上遛遛。我们多数时间将架子车放在南大街光明电影院存车处的旁边，曹伯对看车的熟人招呼一声便领我进了电影场子。曹伯老了，老得一塌糊涂，他来到这个世界，一生的好时光全消磨在路上。他进到电影院没有多久便睡着了，有时是在电影开场之后，有时则等不到电影开场。他在一群逃学的青少年中，在冬天温暖而又烟气熏眼的电影院里睡得很香，呼噜呼噜的，直到银幕上出现"再见"。懵懵懂懂之中，他没有忘记将怀揣的红薯掰开，分给我一半。我在黑暗中接过曹伯递过的红薯，我先是摸到了他的手，然后才感到被他体温暖热的红薯竟比他的体温还要高。我在瞬间里觉察出曹伯像是一盏刚刚熄灭的灯，与往常有所不同的是，这种熄灭竟是更剧烈的燃烧和热的聚核。

  我记得我与曹伯在马路上度过的时光。黄昏时分我们回到家，他只是对曹婶说一声："没活儿。"便坐在院子大门口的石墩上，一声不吭地望着马路上来来往往的人群和车流。

  曹伯对马路再熟悉不过，闭上眼睛都能知道打他面前经过的车子拉着什么货，车夫是新脚还是老腿，他们从何而来，大约要到什么地方去。夏天时，曹伯就这么想着，躺在马路旁的老槐树下，直到路上的事情让他觉得疲倦。道路对他来说不再具有意义和象征，他凭借一生在路上养成的习惯所导致的种种虚幻，维持自己身体的尊严和老西安城一个车夫的尊严。人是脆弱的，当他走了许多路已经无力面对眼前遍布的仍然要走的道路，他甚至连想都不去想这条道的尽头究竟在哪里。即使他想过也没有用。在路上他的获得便是最终的失去。

  前阵子，我回到童年居住过的巷子，30 多年后，这条巷子也把我当成过路人。一家院子紧挨一家院子构成的巷子已经不复存在。曹伯肯定也走了。更多的住户迁移到郊外的住宅新区，只有那条马路隐约可以让我辨认出来，它再次让我感到马路与我之间的秘密。那些人的生与死毫无意义，正像马路同样不具有高过自身的意义一样。这是我童年的想法，30多年读过的书也不曾改变它。关于马路留在童年里的记忆就是这些：人在上面走过，来了又去。而它今天还在那里，只是一个人的生死已在它上面看不到任何痕迹。

路灯和马蹄的岁月

　　窗纸外的天色还没有泛白。一夜的大雪使搪瓷的路灯灯罩背面堆积起厚厚的雪，木质的灯杆因风雪的吹打，已经浑身湿透，还沾着尚未融化的冰雪。黑夜里雪在漫天飞舞，而在路灯下仰起脸，雪似乎又是从路灯的背面纷纷而下。

　　马蹄在结冰的大街上踏出的声音，从很远的地方传来，又向更远的地方离去。我已经听见母亲舀水的声音和灶具在水缸、炉台上碰出的声音。母亲做完早饭，用铝制的饭盒盛好苞谷红薯粥后，就匆匆出门上班去了。

　　接下来就是死一般的寂静。之后，送菜马车的蹄声再次响起，它已经折返回头，又从我家门口经过，向城外走去。

　　我知道，这时候路灯大概已经熄灭。马路上开始响起自行车的铃声，夹杂着吵嚷的人声。哥哥、姐姐开始起床。他们穿好母亲前一天晚上准备的干净衣服，带上母亲刚刚为他们做的"发糕"、咸菜，急急忙忙地赶往学校。

　　又是死一般的寂静。

　　路灯再次亮起时，天色已黑。母亲回到家里，开始动手做饭。我就前后左右地跟着她。哥哥、姐姐念课文的时候,母亲已洗完一大木盆的衣服,然后,她又一件一件把洗完的衣服往绳子上搭好晾晒。我知道又到了睡觉的时间。

父亲到农村已经有好些个日子,他隔一段时间寄回一封信来。母亲不识字,通常在做完所有家务后,坐在灯下,让哥哥念信给她听。我也坐在母亲身旁。母亲有时会念叨两句,这个月该给乡下的哪个亲戚寄钱了。

到了20世纪60年代后期,父亲从农村回到西安。我也到了该上学的年纪,被整天锁在家里无人看管的日子才算结束。此后,我再也没有注意倾听过马蹄声,也不再惦记路灯的明灭。

30多年已经过去,母亲辞世也已4年有余。童年的那段岁月,我已用语言无法说清,只能隐约感到,路灯和马蹄曾经降临过我的内心,我也渐渐在时间的轮回里明白了,母亲在当时为什么始终没有叹息。

另一些人

我读大学时，买过一本小说叫《看不见的人》，一直没有时间读。后来，我的生活在西安和兰州之间辗转，不知道那本书丢在了哪里。

我调到原先的单位上班那天，母亲把我叫到当面，告诉我："上帝时刻都看着你。他能看见你，你却看不见他。"我母亲上年纪后，身体一直不好，能走动的范围日渐缩小，内心的想法慢慢增多。她什么时候相信起耶稣，也没有告诉过我，没有见过她祷告，我们家也没有摆过圣像。我母亲不识字，更没有办法读《圣经》。但母亲有一次却对我说过：她能看见上帝。

对基督教我是无知的，只是零星在书本上看到片言只语。我们那座城市，"文革"之后与宗教相关的一切都荡然无存了，原先城中非常有名的庙宇也被夷成了平地。

我对母亲的想法，心中生疑，却又不敢全然不信。她从不说过头话，凡事说到做到。她能看见我所看不见的人，能看见另一些人，也许是因为年岁大了，脑子里偶然会有昏惑的想法。

但我一直却有不祥的预感，觉得母亲反常的言语，似乎预示着某种不太好的征兆。我没有把内心的想法告诉家里人，我害怕我的担忧一旦说出，就会成为现实。我希望它们积压在我心底，最后变得无影无踪。

这中间我变得疑神疑鬼起来，生怕做错了什么，犯下忌讳，带来不好的结果。我原本是不相信鬼神的，后来我竟身不由己地跑到南城的道观去见一位道士，求他替我占卜。我还是把我的隐忧，悄悄说给我的一位精通周易的老师听，他们给我的都是宽慰，却难解我的隐忧。我的一位作家朋友，熟谙禅佛，我向他学习了看香谱的技艺，回到家净身洗面，关上门窗，把家人统统赶出去，燃香面壁，双手合十，敬对佛陀，终也无法从燃尽的香灰上看出什么。

而我愈发强烈地感觉到，有另一个人与我靠得很近，知道我在想什么，并且知道我的担忧。我有一阵子深居简出。除了上班，就把自己关在屋里。只吃素食，也不看电视，目的是想避开我感觉到的另一个人，躲过我的担忧。

还有就是我原先单位的同事老卜，第一次见他，只觉得他像另一个人，具体是谁，又一直无法说清。

我在那个单位认识了老卜。我现在离开了原先的单位。如今提到老卜，我才会想到原来的单位。

我看不出我从前的单位与别的单位有什么不同。像是一个正常的、普通的地方，有许多人在当中早出晚归，没有什么不好，也看不出什么地方好。只是私底下大家都按对自己有利的方式做事，嘴上又绝对不说什么。表面上堆满微笑，暗中伸腿绊跤，致别人于死地。大家只盯着有权人的脸色行事，至于那人是谁，并不重要。无论是谁，只要不掌控权力，皆可形同路人，皆可暗中绞杀，不带丝毫的怜惜。

老卜每天打水扫地，手头上总是忙着。我起初以为老卜是单位的杂工，后来没几天，办完调动手续，就跟老卜一间办公室工作，他做内勤及杂务：统计、总结报告、计划、接待协调，等等。他一个人全干了，也没有听他说过什么。

办公室工作是良心活，要是诚心做，会觉得时间不够用。但我看出了有的人特别明白，像算盘珠子，拨一下动一个位置，不拨就静候着、空耗着，喝茶、读报、斗心眼、说闲话，生怕自己亏着欠着。有的人猴精猴精的，也是一脸厚道老实的表情，但却有着自己的盘算，暗地里又懂得躲闪，表面像泥鳅一样圆滑，没有丝毫缺陷，做事情又靠谱，知道对点，脸面上常常笑容可掬，桌下面伸腿使绊子，机敏伶俐，游刃有余。老卜心实，一根筋，直轨上的车，不会拐弯，有话按心里想的照直说，又玩命地整天工作。原本办公室里几个人又说又笑，叽叽喳喳，看见老卜进来，大伙都装着忙自己的事情，不再吭声。

我对老卜有好感是因为同他一起到户县为单位采购防暑降温的西瓜。他是老同志，由他带着我和司机。老卜那天硬是不让我们在街上的餐馆吃午饭，他从家里带了干粮，我们就坐在瓜地的大树下凑合了一顿。我知道老卜是为了给公家省钱。

还有就是过春节为单位分福利菜，老卜一三轮车一三轮车从批发市场运菜回来，与老婆、儿子连夜动手，洗净剥好，一样一样归堆分类，装在一只大纸箱里，总共有10多种，又骑上三轮，带着儿子挨家挨户为同事送。记得一年除夕夜，我很晚才和妻子一道回我们的小家，看见门口的大树下站着两个雪人，一手拎着一只大纸箱，走近后见是老卜和他儿子，已经在冰天雪地里等了很久，身体被冻得僵直。他把菜搬进我的房子，头也不抬转身就走了。那天晚上，我被老卜所感动，此后跟他变得亲近起来。

人的潜意识深处残存着非常奇怪的东西：容不得别人比自己好，比自己强。一群人中倘若有谁能力出众，在集体潜意识里便被视为是一种威胁，就有被逐出的可能。老卜不断受到不知从何而来的暗算，是可想而知的。他经受着许多不同的冤屈和冷眼热潮。我在那个单位对工作最深切的感受是：干也不成，不干也不成。一些人已经彻底失去了判断是非的基本标准,他们抱作一团,暗藏在权力的四周,设陷阱,布机关,置暗哨,施冷箭。在群狼的效应里,羔羊的善良清洁是毫无意义的。有几次,老卜已经无力支撑得住了,他便悄悄问我:你知道我看起来像谁。我们彼此一笑,算是作答。

老卜终于一病不起,在家里休养已个把月。有一天,领导让我到老卜家里去送一封信,事后我才知道,信里装着让老卜提前内退的文件。没过多久,老卜就变得神志不清,有间歇性的失忆和疯癫的症状。我去他家看他,见他大热天里翻穿着军用雨衣,戴着墨镜和大盖帽,对着镜子行纳粹军礼。

我已经没有勇气和力气面对老卜已疯的现实,那段时间里,我的身体和心力已经十分疲惫,绵软得像裹盖在身上的老套被絮。我清楚地看见自己像一截气道,在进气、出气,却无力控制和调节自己。老卜的发疯,让我自己一时间没有了感觉和痛痒,一任地看着自己与自己隔着一层透明的薄膜,空空荡荡。

在一种无力自拔的愧疚里,我选择了逃离,不久就调离了原先的单位。但我不敢想老卜和从前的单位,极力忘掉不愿再见到的事情。我知道,我的心已经死了,无法再活过来。出于自私的考虑,我离开了老卜。

这两件不同的事情让我改变了对人的看法。我现在时常会觉着,我隐约能看见过去看不见的人和事。2000年,我的母亲去世,我独自站在她的坟头,将我有的与她多年前同样神奇的感受讲给她听,我却迟迟听不见母亲的回应。

前些日子,我在大街上远远看见老卜的儿子,大约已上了中学,自行车后座上驮着一罐煤气,惊恐而吃力地赶着朝家里走。他木然老成的样子,过早地担负生活逼压又显得懂事的样子,让我的心感到像有刀在割一般的疼痛。老卜的儿子,看起来也像老卜一样自尊。这让我感到了振奋和希望。我突然想起了多年前的那个与老卜十分相像的人。而我当时却无力走近老卜的儿子,告诉他那人究竟是谁,只是在内心里,默默地向他挥手祝福。这时候,我还确切无疑地感到:我也是绞杀他父亲的另一个凶手。

藻露堂

始于1912年的中西医之争，大约延续了20多年，最后以不甚了了而了之。这场争论涉及的人事，多集中在东部，与西安无关。明以降，西安在中国的政治版图上逐渐被边缘化。到了清末，西安给人的印象近似边塞，陕甘总督之类的官职，在清廷的太监们看来不过是镇西戍边的差役。民国十八年大饥馑之后的西安情况更惨，已基本沦落成一座"废都"。那时的有识志士，多数都去投奔了靠北边的延安，这当中西安充当的角色，顶多是一块他们纵身跃起的脚踏板。

换个角度看，因为"山高皇帝远"，也让中医在民国时期的西安不致遭骂，成全了像藻露堂、达仁堂这些老字号的中药铺子。老西安人，还是照着老规矩做：端午节前到中药铺子里买一把艾叶子，挂在竹帘前防蚊；三暑天称二两生熟山楂，消暑解渴，帮助消化，生津解郁。谁家媳妇没娃，习惯去八仙庵上香，回头到五味什字的藻露堂求个方子。一年后准灵。

大约从6岁起，我每星期都要拿着为母亲治病的药方去藻露堂抓药。藻露堂已经公私合营，堂内新旧分明、公私两立。东边是新的玻璃柜台，摆置着虎骨酒等等的成药；西边是老铺面，宽敞的生漆药案，通顶的红木药柜，上面并排放着盛草药的瓷罐，铺子大堂中央是账房收银的柜台，右侧有个偏门，通向藻露堂的后院。

我通常要排一段时间长队，然后，踮起脚尖，将紧攥在手心发热的钱和药方递给账房，里头的老头斜过镜片瞅我一眼，嘿嘿一笑，冲我摆摆手，我就没事情了，只等药配好，店里的伙计叫我取，然后一路小跑回家。

藻露堂的东偏门正对着豆浆坊，台阶底下是早晨的蔬菜集市，偶尔还能见到从南山背柴下来的樵夫，将山柴靠在藻露堂东边的木门板旁叫卖。这当中我能去的地方就是藻露堂的后院，看铺子里的学徒碾药。他们同我很熟，又对我极友善，逗着我玩，还不忘记让我伸出舌头，看看舌苔，给我嘴里塞些槟榔片和山楂果之类的东西。暑天时，他们也给我把薄荷叶子贴在太阳穴上。

有时，我会蹲在藻露堂的东门外看街上的热闹。这时候，对面豆浆坊飘过淡淡豆汁的清香，和藻露堂草药的气味在春风里汇合在一起，轻轻撩过我的鼻尖，让我觉得浑身的骨头都要酥碎了。掠过我额头的一丝丝微风是有颜色的。这颜色不是绿色，也不是蓝色，用肉眼无法看见。它们是梦的颜色和沉醉的颜色。10岁时，我得了大叶性肺炎，昏迷了三天三夜，西医已宣判我无救，母亲把我从医院抱回家，只能听天由命。后来我又奇迹般苏醒，像是做了一场梦，什么也不记得了，只能隐约感觉到藻露堂前风的味道还残留在口中。是藻露堂前的风，将我吹得苏醒。

藻露堂在我看来，就如同寺庙、教堂一样神圣。在我幼小的心灵里，我早已经把祈祷母亲病体早日安康的默念托嘱在了那里。当我抱着一捆发黄的粗纸包裹的中药，吮吸着一包包草药和皮纸带给我的气息，心里总会想：这次我妈的病一定会好。于是，我的脚下生风，心情也变得欢畅。

西安是座古城，曾几近被人忘记。古旧的东西，有时会被人们耷拉在光脊梁上，当成"皇帝的新衣"。两年前，因为道路拓宽，涉及藻露堂的拆迁，报纸上文物和城市规划部门为此争论不休，给人的感觉就像是那场中西医之争，最终都归到进步与守旧上了。因与果、新与旧，这样的二元思维定式是中国人对待事物惯常的方法。自汉唐以来，西安代表着十三个朝代的辉煌与繁荣，那些被记录在史册里的汉阙唐宫，如今都到哪里去了。一个朝代建，另一个朝代拆。建筑如此，思想和文化也大致相同，概因新旧，逃不脱对错。

文化本无新，建筑永远不会旧。历史所能保留的是差异，是不同。差异应当平等，不同需要尊重。而藻露堂正是因为同新西安的差异不同，被一夜之间推倒了，虽然它比北京同仁堂的时间还要长，这又有何妨。如今，在它上面，修成了一条通向朱雀门的笔直大道。我曾坐车经过那里，问起原先的藻露堂，出租车司机大声告诉我：不知道。

萝卜

我和穆涛、克敬每次去外联宾馆吃饭，总少不了点一道菜——清水萝卜。

说是清水煮萝卜，其实也不见得，应该叫浓汤煨萝卜。汤汁不见得清，大约是鲍汁与鸡汤掺和在一起的吧。长方形的不锈钢托盘，支在铁架上，底下是酒精炉窜出的火苗，煨着汤盘里的形如宽粉条大小的萝卜，撒上几颗枸杞，辅以点缀。待到汤汁滚圆，气泡在条形的萝卜周围咝咝放响，就可执手食之了。

外联宾馆雇的是湖北厨子，清水萝卜又属粗菜精做，只是这种吃法，觉不出萝卜的原汁，也没了湖北菜的原味，图的是汤汤水水、热热火火。

这道菜所以必要，因为一般都在酒喝高了之后才端上来，也适宜在晚饭的桌上摆放。萝卜性温，生克熟补，宴席散火，肚里一阵骨碌，自然会十分舒服，身体也不会有什么负担。

我小时候最惧怕的菜就是萝卜。整整一冬天里，顿顿离不开，腌萝卜、炒萝卜、烩萝卜，变着法子吃，实在叫人厌烦。外联宾馆的清水萝卜，好像与儿时吃过的不一样了。

我在陕南还吃过一顿泡腌的水萝卜,是那种红皮的,搭在牙齿上松脆得很。如果用刀切碎,就着米饭,也一定很好。陕南的饮食习惯偏重南方,临了,小老板娘端上一盆腌萝卜泡饭,一点不比上海的菜泡饭差。

上小学前,我们巷子的居委会组织家庭妇女上文化补习学校,地方在小车家巷的民办中学里。我母亲每晚得带着我去,她在教室里认字,我在院当中玩耍。我的邻居鹤坪跟我情况差不多,也常常盘腿坐在院当中玩尿泥。我来之后,鹤坪就不玩别的了,专门欺负我。大冬天里,让我头顶半截冰凉的城墙砖,有时还把树凹里的残雪,顺着我的后脑塞进我的背当中。只要我放声大哭,鹤坪就朝我的嘴里填半截细长的红萝卜,像是从地窖里偷来的,嚼着有未融化的冰碴儿,还有鹤坪的口臭。

城墙上的风

"文革"开始后,父亲去了凤县的秦岭山里,为了全家4个孩子的生活,母亲进了小南门里的一家街道工厂,整日同一群妇女围坐在桌案旁卷绷带。我每天除了上学,还要给母亲送饭。而在此之前,二姐则要把饭做好,我们在同一个小学里,好在学校离我家不远。二姐在课间休息时跑回家,将蜂窝煤炉打开一半,在锅里放上事先洗好的苞谷糁,再搁进半勺碱,又跑回学校。等我放学回家,两层手提的搪瓷饭盒已经准备好:一层盛着苞谷糁,上头一层装着咸菜或炒萝卜。二姐一边将馍袋和饭盒递给我,一边催促着快去快回。

从我家院子大门向西,经过五岳庙门、太阳庙门,一路小跑,不足10分钟,就到了小南门里的绷带厂。但我已经不敢走那条道儿,我不止一次在那里遭人拦截、挨打。横穿过马路,回身看二姐没在后面跟着,我便闪身进了20号院子,将馍袋缠在裤带上,一手拎着饭盒,一手扒着城墙水道子的砖棱往上爬。

我来到母亲身旁,将饭盒在桌案上放好,对着母亲喊一声:妈,吃饭咧!然后,转身就跑,身后便留下一片我妈同事对我的赞扬声。我不愿意在此多停留。我知道,这时候我妈的眼眶已经噙满了泪水。

再回到城墙，我的鼻尖已经冒汗。我的心情也变得舒畅。风迎面吹过来，我解开衣扣，任着它，野草和无数的小花在我四周不停地摇动。在城墙的风里，我第一次感到了做儿子的自豪。

从春天到春天，父亲走了整整一年还没有回来。想他的时候，我就坐在城墙沿上，眼望着远处的南山。父亲在信上说：凤县在山里。我只有不住地望着远山，想着父亲，心理才会安慰。想累了，便躺在草丛里昏睡过去。不知有多少回，是风轻轻将我唤醒，它比手指还要温柔，抚摸我的方式却像是一阵气息；它那么和缓，用长发搭在我的肩头，却让我感到一个人与我靠得很近，正在用她的体温来抚慰我的灵魂。我的热爱，我的思念和忧郁，最初都来自风。

很久以来，我一直想把少年时在城墙上获得的对风的感受写下来，它同我在书本里和其他地方获知的东西完全不同。我的记忆里，仍然保留着风划过城头，在草尖上停息的瞬间；我的性格中，有风留下的印痕，有风播撒的东西。在我的人生经历挫折、遭受冤屈、遇到不幸时，是风给予的东西，保护了我。风吹拂着我，安慰过我，让我坦坦荡荡。

西安的春天，如今多了沙尘，走在南城墙头，已经看不到麦田和菜地。近些天，女儿的学校要组织郊游。她们大概要去公园或郊外的什么地方，坐在花树下聚餐、嬉戏，享受西安阳春里短暂的花期。与我们这些在城墙上风里长大的一代人相比，孩子们是幸福的。他们一生下来就有电脑、电视，有良好的学校教育，有卡通玩具。但他们如今却没了在城墙的野草里迎风奔跑的经历。

日日新生活

新生活里肯定有新，最低限度不会与旧生活画上等号。虽然不敢说新生活日日有新，但看上去总会有所不同。你起码得屁颠屁颠着，一路小跑着，一生忙活着。

多年前，我家对面的房子住过一对新婚夫妇，男的是工人，女的也是工人。他们像所有干活的人那样，早出晚归，所不同的是每隔一段时间总能弄回些新家什。这也算是普通人的劳动果实吧。那年头，每家每户的日子没什么两样：整天为一日三餐忙着，却梦想着收音机、自行车、缝纫机这三个大件。

我的邻居在那年头玩得如鱼得水。他先是推回来一辆崭新的加重"永久"，一有工夫便摆在院子正中，在上面使劲擦呀擦呀，围着自己的宝贝来回转悠。那辆永久自行车永远都不会有灰尘，就像当年纳粹手中锃光瓦亮的短枪。接下来还有一台红灯牌收音机，当我的邻居平躺在竹睡椅上，不会忘记用耳朵遮盖在它上面，一会朝左，又一会儿向右，折腾个没完。这当头，他屋里的缝纫机已经嗡嗡响个不停。新生活也许又开始啦！并且还如火如荼，所有这些，让那些提着鸟笼子，整天在西安护城河边闲逛的老玩主老艺们见了，也会感到自愧不如。

有趣的仍然是生活，当然还包括活在生活里的人们。比如我从前的邻居，快20年没见，前一阵子在街上碰到，一个劲地要拉我搞传销，说传销的好处不仅在于赚钱快，而且大家能和睦地聚在一块儿，拍拍手，唱唱歌子什么的，比家庭的气氛还要温暖。

传销不就跟击鼓传花那样的游戏一样幼稚嘛。那是一群托儿惯耍的把戏。一帮自以为聪明的傻瓜，捉弄一个比他们还要倒霉的主儿，花最终就落在那家伙手中了。说穿了，传销就是让劣质的洗头水、染发剂之类的积压货，在大伙儿的手上过一过，你加1块，我加5毛，直到货推不出去，死在谁手上才算罢休。

赚钱不一定非这样，与其这么瞎整还不如明抢。

我的邻居可不这么想，他在钱上一出手总比别人想象得还要迅猛。你眼睛还瞎睁着呢，他已经卷走好几把了。20多年来，他一刻也不肯闲着，房子也买了，屋里堆满着新东西。

面包早已经有了，该有的似乎都有了，不该有的或许也会有的。从老三大件到新三大件，中间还横竖着多少种大件，我没数过，我的邻居肯定知道。

新生活大概就是这个样子吧：它放出一条长线，并不急于要钓到大鱼，而是让大伙惦记着、追逐着，并且在追逐中新鲜着，乐乐呵呵。

白菜

每年的寒食节过后,为故去的老人们送上过冬的衣裳,西安的天气就转凉了。在我们住的那条巷子里,我妈是第一个为冬储白菜而开始动手忙活的人。冬天里,我们那里有四件宝:大葱、萝卜、白菜、红苕,一个都不能少。

大约在这时候,我家去年用过的麦秸草帘已被洗干净,放置在院当中晾晒了。我妈通常还要把盛白菜的大柳条筐多涮洗几遍,等上面的湿气散尽,取出早已备好的柳条,坐在房门前,把去年筐子破损的地方,用新柳条编补好、扎牢实。

我妈是个心中有数的人。她在夏天里已看好需用的柳条,折下带回来,放在我家屋外的窗台上,等着到时候派上用场。窗外的房檐下砖头垒起的台子,也被扫得一尘不染。房檐木椽子上的钓钩和挂绳,我妈已经试过好多遍,觉得非常牢靠,才放心去做别的。

收拾毕所有的伙计,大约还要等上几天,西安冬储白菜的供应才会开始。这当中,看不出我妈有着急等待的丝毫痕迹,而我心里,只盼时间快些过去,早早能为家里抱回来一颗颗瓷实的大白菜,此后的整个冬季里,才不会有什么担忧。

菜店通往我家的路，已跑过好多趟了，我会把所见的情况，一一告诉我妈。我妈总是那句话：心急吃不上热蒸馍。

我家对冬储白菜，经管得甚是精细，连一片烂叶子也不会丢弃。有一年，白菜定量供给，别人家在旧历年刚过不久就断顿了，而我们还余下三颗，又大又实，非常怡人，舍不得吃。我妈每天将它们从房里抱出抱进，生怕冻着了什么，说是好生地放着，等乡下的老舅来带回去一颗。

我家的冬储白菜主要有两种：

一是北郊草滩凹地里生长的，片叶收拢得松散，颜色泛绿，围叶大而粗壮，植物纤维多，价格便宜。我妈把这些白菜的围叶折下，洗干净，放在一个大瓷缸里，一层一层撒上盐，给上面压一块大石头，过不了多久，就腌成了满满一缸的酸白菜；剥脱出的净菜，则放进柳筐里，拿草帘子盖好。

一是白鹿原旱地生长的白菜，出落得结实，扇叶白嫩绵软，还闻得出一股清润的气息，也长得瓷实，顶头上可经得住一个小孩的站立，但价格相对贵。旧历年吃火锅，铺在豆腐底下的那一层，便是它芯子里的精叶儿。我妈对这种白菜看得更重，用秸秆在它身围上拢一道，放在筐里，盖上草帘，吊挂在房椽上，隔几天取下来看一看。

大白菜的存放，既不能捂着，不能晾着；也不敢见冷，也不能太热。白菜焐热了，心上生黑；冷着了，表层的围叶会蔫软，就吃不得了。我妈每年定要把那些白菜，拾掇得干干净净，让它们的表面不仅没有一丝灰尘，连它们身上那种鲜气和嫩劲，以及弥散在白菜周围淡淡潮润的气息，到后来都完完整整存留着。

我妈把那些白菜，当成了她的另一群儿子经管。有一次，我半夜里醒来，看见她仍在收拾忙活，20多颗白天刚买回的白菜，已经大不一样，白白胖胖的，并排摆在我家的房子当中，没有一点碎杂的叶帮子，连贴地根子上的泥土，也被擦得光光亮亮。我知道，我妈又在那些个白菜上劳费了许多心劲。在生活里，凡遇上的事情，她总是一样的用心认真。

为买白菜，我被南大街上的俩兄弟狠揍过一顿，他们抢夺我怀里搂抱的那颗大白菜，照着我脑门头顶砸拳，但他们终没法夺走我紧抱不放的东西。我把白菜当成我的性命。

晚上回到家，摸着满头的疙瘩，看着被我保护过的瓷实的白菜在我家灯泡的映照下，泛出好看的亮泽来，我就仿佛一下子看到了我们家未来生活的希望。

青龙寺的樱花

青龙寺大约是在20世纪80年代末移栽的樱花,确切的时间我也无法说清楚,只是到了90年代中期,每到阳历四月的天气,西安地方上便有了去青龙寺赏樱花的习惯。

我去看青龙寺的樱花,时间还要稍晚,随几位朋友同往,印象已不甚清晰,之后的若干年里,只是在报上见到过青龙寺樱花盛开的消息,再也没有机会前去。

近些年,西安在春天里观花的地方多了:太平峪里有紫荆,木王山上有杜鹃,我的几位同事去年还到汉阴看过油菜花。做自己高兴做的事情,见喜欢见的人,在我看来就是人生的幸福。

想起青龙寺里的樱花,其实与青龙寺本身无关。青龙寺早就在长安废旧的历史中毁灭了。前些年出于恢复古迹遗址的考虑,才在废墟上得以重建;我常常毫无理由地想起一些事情来,都与这些事物没有了干系。青龙寺的樱花,也与樱花无关,更同日本牵涉不上。我只是在空寂中,想到了另一种空寂。它们或许匿藏在青龙寺的樱花里,或许也潜隐在别的事物里。我无法说清楚,只是隐隐地有了感觉。

我对事物的看待,尽量只想能简单些、简单些,对于更为长久的设想,也不抱着期许。青龙寺里的樱花,每年都要开,我知道在这个时节上,驻留着一个对于我的提示,那便是青龙寺樱花开了的消息。

我有时候会沉浸在由此而形成的片刻安宁之中。这一刻也会因为我的停顿和投入而变得漫长。我感到了我的身体将时间牢牢地凝固在它的掌控范围内,而我可以在其中漫步,向左向右,朝前朝后。时间却并不流动。我不知道神示谕人间是什么情形。有时候在自己的空寂里留足停顿,与无法看见的东西接通,感到一些陌生的事物正从我的身体里经过,却没有留下片言只语。

并不是世间的一切都可以被说。青龙寺的樱花在我看来,便属于不可说。我对植物的理解浅之又浅,对于人事,更是如此;在宗教信仰方面,也像中国的多数人一样,几近空白。更进一步详细叙说青龙寺的樱花在我是极困难的事情。我有时候是将它当作我个人时间的一种刻度,由此,在没有起始和终点的时光之流中,会拿它作为区分的界标。这样我就会有许多时间的节点,包括我出生的日期和母亲去世的年份。时间不再是无始无终的存在。它镂刻于我的生命之中,成为另一种可以被重新打量的东西,成为像我这样的普通人用来记写生命的东西。

我喜欢那些被时间和日常的表象淹没的事物。它们被潜藏在一些事物的背后,就像河流中的鱼类和被其他植物所遮蔽的植物。人们看不见它们的存在,但它们实际依然存在着。青龙寺的樱花便是我的时间之网上的一个纽节,由此,我有了属于自己的情感定向。

在我看来,时间永远是向后倒退的,就像燃烧的引线,被火焰所耗费,不断在缩短。在生命中,看似时间在引领我们朝前,实则是我们在不停地后退。生命的引线不断地被时间剪短。

重要的是青龙寺的樱花在与我相遇时形成了重合。它是我的记忆与时间联结的交叉点。时间之火此后不再能将它泯灭。它只属于我,产生了相对于我的特殊意义。这意义也只意味着它将永不会被别的什么夺取。

我在1986年后回到西安,就一直没有离开过。在西安每年的四月天里,青龙寺里盛开的樱花也像是我身体的节律。它参与到我身体的反应之中,调节我心的动静。我身体反射青龙寺樱花开放的直接表现,便是为它写下了一些文字。我不知道在西安之外的地方,青龙寺的樱花是否还会与我有如此地靠近,但我没想过为此要去别的地方一趟。

在我的经历中,曾经因为某些事物,而对将来充满期待。青龙寺的樱花却没有让我有过类似的感受。它一年一年的开放,已经成为我生活范围里的日常。我不会对它好奇或感到陌生。它既不虚无也不实在,决不从盛装自己的容器里溢出。

日常才是像我这样的普通人可以依靠的东西。青龙寺里的樱花,在我也只是花。我既不愿将它放大或缩小,也不会把它当成花之外的东西。我自己有幸与它相遇,但决不愿在它之上附加任何我个人自以为是的东西。

文字写作在我个人看来并不能带来其之外的任何东西。奢望写作的永恒,只会对写作本身造成伤害。我自己也只是因为偶然的原因,才与青龙寺的樱花相遇,随后就有对它的叙写。这么多年过去之后,青龙寺的樱花于我,更像是一个来敲门的老友,彼此无须交流,仅仅从气味、脚步便可知道它的一切。与人与物的相处,需要更为牢固的联系,就像时间的节律,不可更改。我与青龙寺樱花的关系,只存在于我们之间,如果有秘密,也只是单向性的。人的当前是整个靠记忆保留下来的"过去"的积累。如果记忆消失了,遗忘了,所有的一切就会中断。当青龙寺的樱花借助语词进入别人的视野,已经同我没有太大的干系了。

许多年来,我试着将自己在生活里的个人感受用文字记录下来。有了这样的习惯和爱好之后,我同时也拥有了另一种生活,即文字生活。它同我个人在现实中经历的生活并行,又相互参与、加入和影响。这些在我看来仅仅只是一种爱好,与其他人的其他爱好别无二致。选择文字写作与自己的生命经历相伴，对我也无任何神圣性可言，这在本质上同老鼠走迷宫是一样的，所不同的是语言文字还是另一种象征系统的游戏。

现在，对于青龙寺的樱花，我可以拥有两种不同的经历：一个在现实中，另一个在文字里。通过两条道路，我可以看见青龙寺的樱花，用两种方式与它接近。这些也是我有了文字生活之后所感到过的真实的快乐。

青龙寺的樱花在文字里对于不同的人也许会有不同的意义。在文字里与一个地方或人物亲近，情况也会完全不同。在文字里随时都可能发生的事情，现实未必真的就会有这样的可能。我尽量使青龙寺的樱花在我文字的展现中，永远只是一次次的过程，成为我心手之间的响应。从自己的身体开始，保持并信任身体反应固有的本能，其实也是作为一个人格独立的个体讲话所必须具备的品行。舍此，在文字里还原真实的任何努力，终将会成为泡影。

写作可以接近存在于时空的某个点，但永远无法重现和还原存在的某个瞬间。语言系统的抽象特征，预设了语言存在所具有的无差别的种种可能。我们可以通过语言创造美的经验，但绝对无法应验，在语言中为现实许下的在场诺言。语言抽空存在的差异，让与它触摸的东西顷刻间烟消云散。

关于青龙寺的樱花，究竟什么才是它尽头的东西？带着双倍的疑问。可以肯定的是：我自己随着樱花的开放，在一年一年地老去。

环城林

从去年夏天起，我去环城林散步的次数比先前多了许多。我已说不清重又回到这围着城墙的树林中去确切的理由，就像无法抹去与生俱来的胎记一样。人总是在经历中成熟明悟，而有些事情却早已拧成了死结，又永远与经历无关。

这些年里，世事和我个人的生活都在急速变化，置身其中，没法预估，又像在别处。我时常像是浮在水中的叶子，散漫着游走，于不觉中又再次迷失，阻断了与命根的关系。这种感受变化重复出现，每一次又不尽相同。到环城林来也许是想独自面对自己心性中的安宁，让自己哪怕是在瞬间里与这种想象的平静相互重合，去掉烦扰和压力。我终于明白，即便如此，也不会有根本的作用。这些年间，我的想法已经不多，我只想不打扰别人，也不受外界的打扰，坦然平实地生活。自己所遇到的事情，自己得面对，只是敏感的神经，再也无法承受哪怕极细小的伤害。

在环城林很难再寻找到从前的痕迹。河水遇雨时也不会溢出城壕，散漫于树林的深处。不会有孩子在城河里赤身游泳，也没有了好奇和秘密，没有人会在夜深时从林子深处独自走过来。

气息和味道全然不同了。孩子们也绝少涉足这里。没有梦，没有隐蔽沉默的部分，没有历险。

　　横竖疏斜的树木的天然感，肃杀的意味，被规整分类，有序地排列起来，因了残墙与断裂的城垛而生的荒寂，也荡然无存。整修过的城垛，铲除了丛草，重新砌上棱角笔直的城砖，会是我同学的大姐曾经纵身跳下的地方。那个午后，她把身体在空中完全打开，裙裾的一角挂在树杈上停落了两秒，在空中半翻转了身子，便仰面坠地。她不流血，顺着嘴角沟痕不住地流着大约是喝过不久的稀饭，还冒着热气，不像是死去的样子，一点也不难看。

　　我和同学都看见了，随后他没哭，扭身跑回了家。

　　40多年里，环城林没有停止过改变。我中间有几年生活在外地，后来就没有离开过西安，直到去年夏天，我发现自己完全不认得环城林了，就像童年里一起玩过的朋友不认识我了一样。

　　环城林如今已被改造成了开放式的公园，来这里散步的老人居多，即使晚上到此，也是人来人往。

　　前天傍晚，我又去了一趟，走在路上，感到自己不久也将成为一个安于平常的老人，便想起了一首老歌，只是无法唱着这首歌走回家。

鲁迁老师

30多年前，我是西安一所小学的学生，对书本和学校的认识，是从那所学校最初的几间房子开始的，在此之前，关于书以及与之相关的东西，我都知之甚少。事实上，母亲送我上学，主要是因为在学校里，我不大可能跑到城墙、城河或者大街上去，在母亲看来，那些地方极有可能发生危险。母亲整日在工厂做工，父亲去了一个很远的地方。我在紧靠城墙的一条街上长到入学的年龄，学校在那种情况下成了我的一个去处。学不学，学些什么，都不重要，重要的是可以把我寄放在那里。

学校教师中的男性，最多时共有两名。一名男教师在另一名男教师刚迈进学校大门的同时，离开了学校，侧身上路了。

学校的长者是校长和教导主任，年轻的女教师被分配教音乐课，语文和算术留给年纪稍长些的。课程有学工、学农、学军，和唯一一名男教师带的每周一两次的体育课。

那位男教师姓庞。我与同学在课堂上都叫他"庞老师"。

下课后，在厕所或者在城墙的野草里，我们还叫过他别的什么。后来终于有一天，我们知道了他印在报纸上的名字叫鲁迁。上中学时，我在一本书里看到鲁迅，是周树人。

通常男教师决定着学校的一切。倘若一位男教师只是站在全校学生面前，就已经使他的学生感到惧怕的话，那么学校就不会有什么麻烦。当时，解决问题的办法很简单，只一个字："打。"只有"打"才是最令人信服的方法。我们邻近的小学有位男老师，学生怕他，学生家里的其他人也怕他，自然，那所小学的一切都安然有序。

在那个尚武的年代，有种的男子都加入了军队，他们中更有出息的人，会被派往边界，目的是为了打击敌人。无论如何，鲁迁这位体育老师的所有方面，都不可能在我心中引起恐惧和崇拜之类的精神活动。恰恰相反，他一米八的个头，由于缺乏宽度和厚度，反而使人产生一种随风欲坠的感觉，加上他的眼镜，在我看来代表着胆怯和机灵的心眼。这一点正是我们当时最痛恨的。

鲁迁老师来到学校后，在教学楼旁的空地上栽起了篮球杆，篮板极有可能是一扇旧门板做的，被新刷上了白色的油漆，并且添上黑色的条纹，篮筐是从废弃的木桶上弄下来的铁圈子。那围绕着三层楼房的一圈圈跑道，是用白石灰画上的。每天清早上课之前，或是在课间操的时间，鲁迁老师就会带着全校同学，在那条街上跑步操练。他跑在队伍前面，嘴里衔着哨子，发出有节奏的响声。我不可能在队伍里，我根本不适合那种场合，那是傻瓜们做的事情。街道两旁的人们会发出声声大笑，有的还打出一两个呼哨。这在当时被看作是丢面子的事情。

也许鲁迁老师应当干别的，很明显，他并不擅长体育，甚至在很多基本动作和要领上，他的理解与正规的要求都相差甚远。这是不可思议的事，就像一个男人没有强健的体魄，就像他在一个只有女同事而极少有男同事的地方工作一样，同样会被当作不可思议的事情。

当时，学校组织了乒乓球队和足球队。我们的足球队在外边不堪一击；我们的乒乓球队由鲁迁老师带领，在我们那个地区打了不少胜仗，在我们的地区以外，又吃过不少败仗。

我和我的同伴使鲁迁老师当众出丑的做法屡屡得手。在体育课上，我们用篮球砸碎了他鼻梁上的镜子，当然，我们干得非常利落，绝无露出任何马脚。第二天早上，他站在大家面前，镜架断裂的地方缠着白胶带，一边镜框上镶着玻璃片，另一边的镜框空空如也。事隔多年，当我的鼻梁也架上了一副镜子，我才意识到，这是无法选择的选择，既不是对斯文的炫耀，也非胆怯的表现。

那个时期的学校，真正能传授给学生的东西没有多少，每隔一阵子，老师们不知从什么地方搞来一盆糠、树皮或者野草之类的东西，在学校的茶水炉上蒸好长一段时间后，摆到教室前面的讲台上。全班同学围坐在那盆外观色泽上都极为难看的东西周围忆苦思甜，再从长安县农村请来农民爷爷，给大家讲旧社会的事情。全班同学流着眼泪把盆子里的东西吃得净光。那些难以咽下的糟糠，塞满嘴里的时候，我心想：万恶的旧社会，比农民爷爷讲的还要苦。

这时候，鲁迁老师坐在教室后头，已经哭成泪人。他一边哭，一边发出咝咝的声音。同学们看他哭得伤心，便放开嗓音，哇哇地哭得更加厉害。教室完全被哭声淹没后，鲁迁老师会猛然站立起来，把右拳挥向空中，带我们喊几声口号，我便用衣袖擦干泪水，拎着书包，一路小跑着回家了。

小学一毕业，原来班上的同学各奔东西。20多年，我与鲁迁老师未曾见过面，直到前些年我从兰州回到西安，才从昔日的同学那里听到鲁迁老师还在那所小学的消息。这期间老实讲，我很少想起鲁迁老师，在分别之初的那几年里，我多多少少想到过他，后来就渐渐离他很远了。

不知道他从什么地方打听到我的地址，给我写过几封信，有一封是托人捎来的。他去我的单位找过我，而我正好又不在。几年来，我也想过要看他，但总因这样或那样的事情，使得我没有与他见上一面。前些日子，有位同学对我讲，鲁迅老师现在行动不便了。我想我再不去看他，无论如何也说不过去。

再次见到鲁迅老师的心情是沉重的，没有久别之后欢聚的喜悦。他坐在一把矮椅上，明显衰老了许多，见我走进房子，本想支撑着站立起来，但他的腿已经不听使唤。我赶忙扶他坐稳，在更近的距离，已经感到他的身体出现了萎缩。岁月无情地改变了他的身体。

我的老师紧紧握住我的手不放，他非常认真地看着我，竟然没有一句要说的话。20多年来，我第一次发现我们之间的感情如此亲近，他把我和我的同学当成他的孩子，看成他身体的某个部分。

在我们生活的世界里，人与人真正的相遇和接近，已经变得不太容易。甚至，在一辈子都要天天见面的两个人之间，始终没有说一句真话的机会。我们靠那些伪装支撑着，将真实的东西隐藏起来，亮出来让别人看的，全是一些花花绿绿的好牌。在我们每天不断听到和看到的事情里，对某某人发了横财、出了大名的消息更感兴趣，而极少想到他们的来路。我们更愿意走近有名望的人，而很少注意身边活着的普通人。在我重见鲁迅老师和随后的时间里，我意识到，这么多年来，他确实同我们中间的一些人想法不同。他除了身体明显垮掉之外，身上具有的气质，始终未变，这种如一的坚守，与群山在岁月之中保持的姿态完全一样。在死了多次而最终又活过来之后，他似乎对世上的事情，看得更清楚。他明白什么是世上的东西，什么是自己的东西，透过光和风的影子，他不仅看清了生和死这些重要的事情，还能看清比死更加高远的事情。这种澄明和清静，在一个朴实的人身上闪耀着光辉。

20多年里，他干的唯一的事情就是把自己拥有的知识、精力和爱心，一点点分出来，送给我们这些孩子，所有的一切，都围绕着这个圆心转动。与自己同时代的有些人相比，他没有钱财，没有名望，没有地位，一无所有。他已经活到了"空无"的地步，这种"空"，在我看来是一种更加广泛、更加深刻的"有"的汇合与承载;这种"无",处处不妨碍"妙有"。

鲁迁老师无所不有,处处都在,每一个活着的生命存在,都包含着他的存在,每一个活着的生命所有,都是他的所有。

风的颜色
——钟明善印记

"文革"时期，我的一位邻居是钟明善先生的朋友，他去看明善先生，有时也带着我。明善先生那时在西安冰教巷的教师进修学院赋闲，我就是在那里见到他的。我的邻居引我进到他房里，他长我20多岁，邻居似乎并不在意这种差距，让我叫他明善哥。我有些不好意思。明善先生明显看出来了，笑一笑，伸手摸摸我的头。

冰教巷的教师进修学院是一座高墙大屋檐的老宅院，因荒旧疏修而略显清冷和寂静。与外面大街上火药味十足的武斗场面相比，踏进那座老宅的院门，闻着从明善先生房里溢出的墨香，我的内心着实感到了一些安宁。

我记得明善先生房里摆满了旧书、碑石的残片和拓片，除了书案和一张床，屋里几乎再无其他。当时，著名国画家张义潜大概也在进修学院，偶尔能见到他们两人在一起聊天。在那年月境况不好的情形下，明善先生给我的印象始终是平和的。在他房里我总是有一种出奇安静的感觉，安静得能听见自己的心跳。

冰教巷离我家的巷子不远，有时能见到明善先生拎着一大卷白纸经过。他为人极谦和，待老人更是尊敬，又肯帮别人，因此，巷子里的人也由衷地喜爱他，许多人都同他打招呼。见到相识的长者在巷子里晒太阳，他总要蹲下身来，问候上几句。后来我在巷子里碰到他，也就没了顾忌，会大声喊他："明善哥！"

若干年后我才知晓，那时明善先生正经历着人生的大磨难。但旁人是无法看出来的。他依然是那么平和，动作略显得迟缓。简单的生活，单纯的想法，如一的持守和平凡的态度，30多年来未曾改变。即使在他成为中国书协副主席后，也同样如故。人生的荣辱、悲喜，在明善先生身上是寻不着痕迹的。他活得太简净了。可以用两个字概括他所做的事情，那就是书法。"文革"后相继出版的著述：《中国书法史》《行书技法》《金文三种》《行书临范》《书史述要》等等，都是在冰教巷写成的。

改革开放后，书画成为商品，有了市场，他的书法作品，也深得收藏者们钟爱，价格不菲。他却不曾有意牟取其中的市利，一门心思在西安交通大学人文艺术系教书，带研究生，兼做交大艺术馆的馆长，持续不断地做自己喜爱的书史、书艺研究。这期间，他主编了《中国传统文化精神》和《大学书法》教材，参撰了《中国大百科全书·美术卷》《中国书法篆刻鉴赏辞典》等多部大型书法美术典籍；不趋同，不附势，不为身外之物所累，和善待人、待己。在陕西，当那些致富了的书画家们忙着造房子、盖别墅、买汽车的时候，他一大早就得起身，从西安的西郊赶往东部的交大上课，课余时在交大一村的一套小房子里写东西，天黑时又赶回西郊自己的家。

每个人在选择自己生活方式上都应该有自由，艺术家也不例外。在商业大众文化流行、消费主义的灰烟广泛流布的今天，多样性和差异是需要人们共同尊重的。同样，为艺术家们设定一个理想化的生存方式，也是不现实的。在这样的语境里，我的脑海之所以泛起明善先生的印迹，是因为他不装腔作势，是因为他活得平凡而又自由。没有能够让他受累的东西。中国书法核心的审美价值，也许可以用"中和为美"概括。和而共生，和而不同。在"和"的体悟中守锋、虚纳，这也是明善先生书法作品透射的精神价值，就如同他的为人一样，有"和"的气度，有"和"的境界，有更为单纯的精神元素。

　　文化的承传，精神是其根脉，有时用肉眼无法看见，就像风的颜色，只能凭心灵感受和体味。那些在历史长河中起着薪火续接作用的联结点，其实就是具体的个人，他们之所以重要，是因为他们本身和所留存的东西蕴含着精神。精神的风可以把骨头吹得苏醒……

在南山以北的地区

夏日或冬季通往南山各峪的主要道路，逐渐被新修宽畅的柏油公路所取代，"终南幽径"被推至和升高到了秦岭的山腰。在西安，南山代表着独特的生活方式，包括自古便有的隐士传说、与宗教相联系的庙宇建制，还有黄昏或清晨山林之中梦一样的景致。这样的情境有时会波及西安城内，不仅是在晴朗的天气里南山在西安南部方位上的呈现。通过石材、河渠、道路与山货这些具体的物质，南山时时刻刻都同西安城内的日常景象保持着联系。在环山公路上行走，新修的通往北麓的各个峪口的通道在此不断形成路与路的交叉重叠；黑夜里拉车赶路的人偶尔会被农用拖拉机的前灯照亮，此后，便又淹没在了天际的黑暗当中。西安以南、南山以北独特的生活场景便是这些隐约流动和静止的人与物呈现出的轮廓。现在，原有的那种气息已经消退，代之以成片的楼群和地产开发。宁静是这一带的村庄固有的本质的声音，现在已经被打破，也绝少再有拖拉机在环山路上夜行。我自己置身于其中的感觉是无法言语的。起初是与童年成长记忆的伴随（南山总是隐藏在记忆当中无法看见），接着就是持续的改变。童年和南山北麓的地区不再可以重回，也不能完整地在脑子里浮现。现在那一片地方，只剩下了休闲享乐的功能区域。我的躯体在其间只是一个消费的主体，不会再有纯自然状态的神秘之感，也没有真正的新奇性可言：人造的安乐割断了原先这一地区由地下生长出来的生命的根须。从前或多或少人们还服从于自然的应许，一旦踏入功能化与功利性的门槛，便会使人身不由己。能与自然完美融合的地方很容易就销声匿迹，连同原先的生活起居、人际关系和文化习俗，还包括新一代成长起来的年轻人，都会从原先的地方上逃离。过去人们依照自然的需要改变着自己的生活方式，而现在则必须服从于资本运作的价值规律，并在其上与它形成生铁一般硬冷僵死的关系。我先前对南山以北的地方少有期待，但一直有所期待；如今，由于期待得更多，而变得无所期待。已经有三四条高速公路和铁路线穿过南山通向汉中和安康地区，现代生活无一不体现在它的高速、猛烈之上。城市发展强大迅疾的来势，使南山北麓这一广阔的地区处在一种不断消失的状态。那些微不足道的小事情，包括铁器和草编的织物，环绕着古镇和旧宅院的迂曲小路，老的店铺长方形的护门护窗的木板透出的光亮和流散的气味，在过去都是这一地区存在的坚实明证，它们在代表现代的高速化当中，都无法得到保留。速度克服了时间，同样也埋葬了空间，将南山以北以外的东西，带入这一区域，就连手工保留在物品之上的气味和特殊的温存感与亲和力，都被城市的扩张和污染驱赶得无影无踪了。处在快速变化过程中的人们，可以因为速率的加快而兴奋不已，但永不会再有熟悉亲切的环境，像光的折射将记忆重新唤醒的情况了。所有的一切，包括我们自己，都变得与自己远离了。在南山以北的区域中，我已经找不回曾经在它之中发呆的理由了。时间的变化现如今像是无形无尽的一张网系，在它之上我们必须做好准备：我们既回不到过去，又不知道该往哪里。

汽车神话

汽车的广告宣传从外观看，总是让人感到一种冷漠的高贵与陌生。它是悬置飞动的不确定性，类似任何谜语背后的结构，激发人们对于不可预知的多种期待。好莱坞的电影还让汽车与美女、色情和暴力恐怖相伴，不仅直接在速度之上展示各种残酷的场面，还生成形形色色的各类诱惑。

近几年来，西方发达国家的汽车旧梦不断地在中国大地上重现。城市舞台的主角，不再是人群与建筑，而是通过汽车引起的混乱、拥堵、污染和噪声。城市地理的核心，已不再是具有象征意义的标志性建筑和位所与地方，不再是地理本身，变成了汽车这样的动力装置和为它服务的高速公路网系，以及各类坐标设施。

人类生存最基本的方式便是居住和流动，这是地产业和汽车制造得以兴起的根本。但是，汽车无论是作为一种让新的社会生活模式出现的科技，还是作为一种让流动得以自由延续的思想，或是被当作功能化的工具来加以看待，其背后的生命，都早已经死去；作为生产方式和生活方式的一种，它最终都是不可持续的，都会变成一种与人相异之物，成为搅乱城市生活的"恶棍"。

汽车化的时空带来了全然不同的居住和生存与交往方式，但是伴随着汽车的运动、气味、噪声和对人的视觉侵犯与环境危害，来解密社会生活的本质，却被人看得无足轻重。

汽车制造、消费以及文化的兴起，是打着人拥有在空间里自由流动的绝对权力这一幌子的。汽车这一人为的发明之物，将栖息与流动看似对立、矛盾的东西，统一、和谐地集于一身。"流动的房子""轮子上的居所""运动过程中的休息"等等，无论从哪一个方面看，都是一种新的生活方式，都是理解资本运作与本质变化的关键概念，都是引起全球性技术变化的标志特征。在这样的环境下，汽车作为产业，作为文化，作为观念与思想，作为科技发明，等等，所隐含的所有方面，都不难理解了。它是文化、技术与社会超强联合的综合体，又是一种非人、非物、非文化的怪物。

人类最原始的步行方式，从来不赋予人地位与身份这样的尊容和价值，但汽车这部机器，却使它自身人格化了，在自己之上刻满了用来区分、辨认和对人分类的标志。汽车承诺了另一种虚荣的尊贵享受。

它还引起了我们对于时空的重新看待。由这一类居支配地位的移动方式所生产的被压缩的时间关系，重新安排了我们的起居、工作、娱乐，甚至重新安排了我们的性生活。

由汽车重新分离出的时间感觉，是速度化的、碎片式的和短暂的时间性的认知，其特征是流动、变化和瞬间的即刻爆发。时间不再是四时与季节的变化，不再是植物的变化，而是一种瞬间多元、即时流动的离散格局。

太多的自移性、太多的流动性，让城市的中心消解殆尽。超越距离与分裂时间，让汽车给人的感知带来了越乎寻常的想象。一旦被汽车构成的连字符所吸纳，人将被这种不息之流所驱赶，被迫漂泊，被迫出入另一种光怪陆离的新奇性组合当中，被迫接受汽车移动的弹性与强制性的规定，不得不将"家"建在轮子上。

在汽车里，你可以四处漫游，但你不可以随意停下来；你可以环顾左右，但你必须接受路牌的指引，必须听命于速度、仪表和其他设施的规约与限定。你可以控制、启动或关闭它的发动机电门，但你最终无法完全驾驭它。尽管汽车也出自人为制造，但它并非与人亲密无间，并非与人心手相应，并非与人身体协调统一。"轮子上的家"有朝一日会有可能变成"轮子上的铁笼"，最终将人囚禁在自己发明的机器装置里。

你可以坐在汽车里观看窗外的景象，但挡风玻璃上的风景，没有味道和气息，没有温度，更没有任何秘密可言。在汽车里，人们再也无法与自己身在其中居住的城市形成直接的触摸与体验；在汽车里，同样无法深入你居住的城市当中隐藏的秘密，感受人情人际之中日常的平凡与安详。

汽车是目的论的产物，是功能化的机器设置，是以速度克服距离的疯狂想象。它为人们打开了一扇自移流动的便捷之门，同时又关上了一扇沟通交流的门。在汽车背后隐含的政治经济逻辑，并非出自一种交往的需要，而是一种资本寻求增值、实施统治的需要。没有汽车制造业背后带动的产业链和关联的产业链，没有它本身作为产业所形成的上游和下游的联动，所谓的由汽车带来的人在移动方面的自身解放都将是镜中花、水中月。

人们常说，移动化和城市化是现代化的有机组成部分。城市生活的多样性、复杂性和刺激性，有赖于自身脉搏的跳动与血液的畅通流动。设想在中国这样一个人口众多的国家，人手一车，人人把握着自身自由移动的权利，其后果会是一个什么样的图景？不说由此形成的环境、资源与空间等等方面超常的消耗，使这样的设想难以为继，单从这一设想有可能导致的直接后果来看，并非一派现代化的乐土景象，而是危机和紧随其后的灾难。是一幅可怕的西洋景。

汽车神话勾引起我们内心的好奇，常常让人在一种对于未来的期待中着迷。受此诱惑，我们一直处于对更加美好悬念的追寻之中。如果真有自由，汽车神话会给出你超乎自由的东西；如果真有完美，它同样会许诺出超乎完美。在汽车神话这种看似具有压倒性优势的技术文化统治形式里，已无生命可言，或者说它的形式所包含的生命力已死。人们今天所能利用的，仅仅是其中剩余的那一点点残值。

在西安城中漫步

从西安永宁门（南门）的城楼向南眺望，高楼大厦以及不远处的电视塔，像丛林一样拔地而起，密布在由此伸向终南山的广阔区域；大雁塔、小雁塔这些唐朝留下的建筑像是被淹没在钢铁和水泥的海洋当中；乐游原也几乎完全消失在西安新的城市景象里了。

城市的环线公路，在西安南部的分布显得最为清晰，一条一条从原先的中心市区向外延伸辐射，直到最南端的终南山脚下。高速公路网系并没有在秦岭的面前止步，它们纵横交错，以西安为中心，形成了"米"字形分布，将西安的外围，不断纳入它的中心。伴随着道路的拓展，沿途的建筑之后便蜂拥而起；先是高新产业开发区、曲江新区和航天产业基地，随后它们周围形成了新的发展中心和卫星城镇以及大量的外来人口。西安就像一个偌大的吸盘，世界500强、沿海城市的资金、周围城市新的富人以及农民工和各类精英，各种商业娱乐活动，都在它新的感召力之下，汇入西安的空间活力所催生的生存竞争游戏当中了。

同样的情况，并不只局限于西安的南部地区，几乎是在东、西、南、北的各个方向，新兴的城市空间、功能区，还有各类的设施，都铺天盖地一般地涌来。40年前，西安明城以外的地方还属于郊区，城乡两立，差别分明，而如今，在城市向北延伸到了渭河南岸的地方，差别已经不再明显。

运输方式的革命和电讯与通信技术的发展，也让我们正在经历着西安"去中心化与再中心化、中心边缘化和边缘中心化，城市内转外和外转内的结合"过程。我们已经明显地感到，汽车和高速路，以及现代通信网络，才是正在变化中的西安地理的中心。这些发达资本主义的城市景象，在最近20年的西安发展变化过程中，已经成为一种主导和普遍的现象。

在西安，现在已经找不出一个绝佳的制高点，来俯瞰它的新的城市景观；西安没有像巴黎埃菲尔铁塔那样的建筑，能在其他建筑之上，形成对城市景象新的持续的观看。这样一种看的权力，在不远的年代，曾在明城墙和大雁塔上便可以轻易获得，但现在，新的、更高的楼群，已经将昔日赋予那些历史遗存的象征意义消解殆尽了。西安都市现代化的情景，还远远不像纽约和芝加哥那样已经形成了一个城市的梦幻天空，也没有哪一座高楼，能像帝国大厦那样；在感受纽约时，只需探头看着窗外的天空，就可以尽情享受建在天空之上的城市独有的蓝光和观看全局的快感。但是，西安现在变得与那些资本主义的堡垒城市愈来愈像了，正在向那些工业化和后工业时代的都市群落看齐。

在水泥、钢筋和玻璃组成的新舞台上，西安这座有着三千年建城史和一千多年建都史的东方古都，不可能脱离自己的背景来构建自己未来的前景。它不是用现在创造现在的那类新兴城市。正相反，它是在历史和时间的长河里逐渐积累而成的。在它的地上和地下，在它的成长经历和城市经验里，蕴含着中华文明的发育史和兴盛史。周、秦、汉、唐等十三朝古都在精神文化和物质文明所达到的高度，都曾经为世界所瞩目。在西安的背景当中所发生的故事、传说轶闻、所产生的思想信仰和崇拜，以及它自身曾经的兴衰所暗含的历史偶然与规律，至今都还像是谜一样，令人好奇向往，也令人恐惧和焦虑，并且不断地萦绕在西安新的城市景象当中。西安不是那种从纪念性的集体记忆中解脱出来的由突发地点组成的城市，也无法抛却自己的过去来达成对自己未来的挑战。它的兴盛和衰败，都像是历史屋檐上流淌的雨滴，是由点滴碎片累积与叠加而成的。历史在西安，类似于有形和无形的迷宫装置，你可以随处遇见秦汉的砖瓦、器物、石刻，唐朝的饰品、壁画和三彩俑，明朝的城楼，清朝的院落和街道，但你不可能很快弄清和想象它背后的东西，也不可能再回到那些朝代；你可以拿着唐诗，按图索骥，到兴庆宫或乐游原寻访，但是，7世纪之前的西安，绝非可以拿来与今天同日而语。正像巴黎属于19世纪那样，能称得上西安的世纪，年代则更加久远。

　　西安现在就像是一个多棱多面的玻璃球体，也可以将它形容为两面都能映照反射的镜面，或者可以说它就是类似于镜子那样的东西。在它当中总会看到我们每个人之间相似的东西。它是发明我们、塑造我们的那些源头性的东西；而在它的镜像里，也许照不到我们的地方才是我们的出路。西安是一个谜一样的城市。它的历史或许就是所谓的类似谜语结构的东西，而谜底，大致上也同我们所有的中国人有关。这座城市隐现的形态和格局，很像是另一种迷宫。某种程度上讲，穿越这座迷宫，也像是在穿越我们自己。

　　想要在一个制高点观看西安城市全景的想法，并不只存在于过去金榜题名后志得意满的士绅阶层，那个时候，西安客观上有大雁塔这样符号性的建筑供人来登临，进而以此来抒发胸臆间的情绪。的确，上升到一座城市的顶点，不仅意味着获得一个全景敞视的场域，也意味着身在城市的控制中对于控制本身的暂时摆脱。西安现在还不属于那种可以用阳光般的眼睛像上帝一样向下俯视观看的城市，尽管在高处可以看见我们平常无法看见的东西。但是，在我个人看来，这座城市充塞的形象、意义和符号在时空中的展布，更适合于通过在它棋局似的动态流变中行走，来获得对于它的经验和感受。行走这样一种城市经历的基本形式，有可能使我们的身体首先参与到眼前迷人的景象之中。我们在西安行走的过程中，排除了我们成为它的旁观者的可能，并且能够将西安当成一部眼前的书来解读。行走也让我们的身体在西安当中自己书写，继续构造这座东方古都的故事、传奇与新的历史，创造它的新读者，使它的复杂性可以被解读，使它的不透明的流动性，有可能在某一刻，静止在我们因为在它之中的行走，所获得的透明的感受之上。

位于西安明城之内靠近南部的那些古老的街区和建筑，提供了行走于西安之中的空间轨道和变更的碎片。从书院门、府学巷到湘子庙街、五味什字和南院门这一片广阔的区域，只有在步行的过程中，只有在与西安人群擦肩接踵中，才能更为直接地感受在这些古老街区的表面轻易不会表露出来的生活诗篇与日常实践同这座城市支配性因素和变化的动因之间奇妙的关联。行走在西安之中，有可能摆脱视觉中心主义的观察方式带给我们种种虚假的经验感受和对于眼睛的蒙骗。仅仅只依靠眼睛的观察来感受西安这样的城市是远远不够的，我们还需用耳朵来倾听它的节律与流动，我们还需通过行走来获得西安城市独有的气息和味道，更为重要的是，我们还需要投身于它响亮的日常生活当中，用心来辨认它的情感。

在西安城市对于自身不可预知的有限性实施的空间塑造中，最终生产出的是它的感召力和诱惑力。错综复杂的道路配置，迫使我们随着它变化转折传递的场景与面孔，来感受西安城市整体化和同一性之中隐含的差异与新旧杂陈之间的反差。移动交叉，与城市本身的流动保持步调上的一致，也许能够为我们从现在朝向西安的过去，提供更多的可能性与便利。然而，像其他的城市一样，西安在启示人们回到它过去的同时，并没有忘记置身未来。在西安，我们有可能同时置身于过去，又不断地朝着它的未来。这一切，都离不开在它现在和当下的行走。

在西安行走的过程中，不仅是要寻找每一个风景名胜一一对应的点，来满足心理上的好奇，印证历史教科书和之前各类言说的结论，达到"到此一游"的目的。同时，西安拥有更为长久的历史传承和文化积淀，我们能够在它的背影和现今呈现出的各类景象中，发现一种操作和共同基本的方式，它们融合了产生在这块地域和四方之城中的各类前贤的论断与著说，有些是在这之前没有人能想象到的论断，有些是过去从未有过的方式，有些已经化成细微的颗粒，渗透到现今这座城市的日常生活和人们的行为习惯当中。

一座城市的陌生感，只有同它的观察者之间具有关联时，才有吸引人的能力。西安这样的城市即使对它的本土居住的人来说，这样的陌生感都不意味着阻隔或断裂。恰恰相反，正是这些看似矛盾的东西，形成了一种相似共同的特性，这便是延续在我们每个人身上共同的文化基因：它们在西安更多是以具象物化的形态展现出来，不被我们所能轻易辨认。因此，在西安的行走，需要有更好的眼力和更敏锐的判断力。

西安有足够长的历史时刻与更为宽阔的空间，供我们由现在朝向它不透明的过去和不确定的未来行进。这是行走在西安最富有意义的探寻。这也是西安行旅的意义和魅力之所在，尽管现在由汽车所带来的自移性的空间流动，深刻地改变了我们的城市经验和城市面貌，但步行漫游，甚至在城里闲逛，仍然是感受、观察和进入一个城市多样性最根本的方式，尤其对于像西安这样的城市，仅仅只靠在汽车里所获得的对于它一闪而过的印象，来作为对于它的认识，肯定是不够和不充分的。在汽车中的旅行，无异于在地图上划出两个地点之间的连线。那些纪念性的建筑、古老的街区和众多庙宇寺观等属于内心的领地，从一开始就向汽车关上了大门。这些地方在西安，只期待远方的脚步声对它的亲近。个人自由、休闲和移动自由的领域，正是哈贝马斯所称的城市民主的组成部分，而它们，在每一个人步行于西安城中的过程里，会得到更多的体现。

西安是一个在它的背后和历史里，能够映射出光的道路的伟大城市。这是世界上其他城市所没有的。丝绸之路、文成公主进藏之路、玄奘西行取经之路、鉴真和尚东渡之路等，每一条路，都离不开脚步；每一次步律的变化，既显示时间和历史，又在不断地创造它们，形成对时间生命的重新理解。这是西安的过去仍然还活着的根本原因所在。不是条条道路通向长安，而是长安之光，照向四面八方。

关于西安的"空间故事"，是从脚步声最先开始的。步行漫游在缠绕的道路形成的空间里，本身也可以被当成是一种对空间的表达。行走之于城市就像言语之于语言和做出的表述一样。一座城市最好的地理志和空间故事的撰写者，应当是脚步。"可以从脚步声来识别神灵"。波德莱尔笔下的巴黎，本雅明的单行道，都是在步行的过程中，让城市穿越过他们的身体。

在西安城中漫步，可以像杜塞等人设想的那样，因步行特有的横越、离开和即兴化的行为，最终成为抛弃空间的因素。步行者正在用他的脚步来选择与停顿，将其留在每一个地点的节律与痕迹，变成空间能指的转化。我们有可能在西安的行走中，用同样的行走方式做其他事情，越出城市空间含混模糊限制，为行走和在其中的城市带来新的可能。同样的都市景象，不同的变化。这便是熠熠生辉的城市和它新的观察者之间最奇妙的联结。这也是在行走中迎来像西安这样的城市更加壮观未来的开始。每一个人都存在着这样的可能，每一种可能，具体到每一个人身上，都肯定会有所不同。

长安梦

我女儿把她的梦境形容成蜻蜓伸展在天空里的翅翼。她的转喻，让我更进一步联想到"尼德兰的点心"——博尔赫斯笔下躲藏在交叉路径深处的小花园。梦是睡眠的经历，是上帝悄悄放置在人身体之中的一线灵光。它是睡眠中的清醒，让我们能够领受睡与醒这一对奇特的矛盾建制，在不可能之中带给我们的种种可能。冬日的午后，我坐在屋后的阳台上阅读福柯的《词与物》。阳光充足而和缓，适于阅读，或打一会儿瞌睡。溅落在玻璃上的水珠，很快在桌面上汇合，正沿着一侧倾斜的方向，一滴一滴逃离。溢出茶杯的水，在玻璃表面的铺张和逃离，让我合上手中的书，进入无思的状态。

语言有时呈现出像梦境一样沉静的美。它们是谜，是气息、碎片，和显露在存在之上具体事物瞬间闪发的光辉，就像"尼德兰的点心"，就像交叉路径上的花园，就像《词与物》的诞生地——一种中国百科全书的动物分类方法，就像现在我家屋后的阳台，它们都涉及未思之思，都在进一步形成对界限本身的探问。

"尼德兰的点心"究竟是圆形，还是像星徽一样，带着小小的边角，有像纸一般薄脆酥松的嫩皮儿。它的馅儿，是否是那种绵软的，类似杏脯掰开后还夹带着透明的筋丝，散发出玫瑰露的味道。这一切都不重要。重要的是，我在午后独自发现了躲藏在记忆之中的"尼德兰的点心"，它曾经在语言之中的存在，勾起了我的想象，让我梦想午后关于这个世界的谜底，如果真的有，一定同小小的"尼德兰的点心"有关。整个午后，我都沉浸在语言的梦境之美里。语言有时就像上帝赐给我们的另一种粮食。

我们能够在词与物之间运思。思考未思，或处在无思之境。语言有时便是这种梦的经历，就像我们曾经走进的博尔赫斯的花园，漫步于语言的林中路。语言让我们在苏醒中经历梦境，让我们重温，感受自己未曾遇见过的事情，任意思考、漫步，或坐下来小憩。那些熠熠生辉的景象和光亮，像启示一般高挂在我们的额头之上。它激活我们身体潜藏和沉睡的能力，让我们在高出日常生活的地方获得想象，获得力和生命的鼓励。博尔赫斯交叉路径上的花园，并不是我们见过的那种，但我们能够在它中间散步，让身体和心灵在其间放松和平静。

一千多年前，在唐长安城的酒肆驿舍传出的笙歌里，一个与我姓氏相同的大诗人，也非常喜欢做语言之梦。在他的梦里所能感知的事物，也许是不存在的，就像上帝。但是，无论如何，我们应当懂得感恩，哪怕是在语言当中遇到的一次小小的、子虚乌有的梦游，我们都应当心存感激。

平湖秋月

20世纪80年代初期,我去兰州的一所大学教书,行前庚年送我一幅《平湖秋月》的斗方山水画,我把它置于我的案头。在困倦的时候,抬头即可看见,久而久之,便品出画中的一些味来。我突然想起家,想起长安城中的朋友。当时,一位在兰州访学的日本汉学家在我的房中也见到这幅画,执意要在暑期放假时与我同行西安,寻访李庚年先生。能够看得出来,他读懂了庚年的画,而且真爱。我与日本朋友在青龙寺的竹林里找到了醉意朦胧的李庚年,他见到我的头一句便说:"不知天上宫阙,今夕是何年。"想必他醉得是有些时日了,他并没有马上穿上衣服,裸着膀子,滔滔不绝地和我们说起青龙寺的遗事来。时值旅游季节,一群群的日本友人涌入青龙寺。他又被日本友人请去签字,只见他被围在中间,画起扇子来,又把字题到那些善男信女的衣服上,更热闹的是数名日本女学生,为他画的一本册页竟猜起数来,胜者才得以购买。日本人喜爱庚年的绘画,对他画的册页更是爱不释手。十多年后,他东渡日本访问时,还遇到许多热情的朋友,拿出他当年的书画、册页,请他再次题字。他说没有想到日本朋友对他的作品是那样厚爱,真令他感动。后来,我的那位日本汉学家朋友回国写信告诉我，李先生让他感到了中国画家平淡天真的性格，和"毫以手从、手以心挥"的潇洒。

前几年，贾平凹先生的一部描写我们这座古城文人生活的长篇小说行世，尽管平凹在书的扉页上声明"故事纯属虚构，请勿对号入座"，但是看完此书的人或许从声明中得到启示，偏偏就要对号入座。不少好事者见到庚年总要问这问那，曾见一位留学中国的法国女青年慕名拜访庚年，提出要看他画的册页，必须是在青龙寺所作，又问起平凹小说里描绘西京城里的"四大名人"中那位在庙里画册页的是不是他呀，有没有说过作画时没有美人在旁磨墨展纸，激情就没有了的话，等等。庚年无言以辩，只是笑笑，沏茶请坐，好一阵子才说"那是小说，请喝茶，味道正浓"。而后他又铺纸泼墨，洋洋洒洒地画了起来。庚年性情率直豪放，爱朋友、喜饮酒。有时喝高了酒，竟像一个顽皮天真的儿童，把柜子当门走，被撞得眼冒金星。他年轻时在部队服役，中秋节会餐，酒后把熄灯号放成紧急集合号，被首长批评。去黄山写生路过苏州，醉卧小街，被巡警带进派出所"验明正身"后，当场挥毫作画，备受热情款待的事，都成为朋友中的美谈。他从不掩饰自己，洒脱而真实，他说他自己并不是真正喜欢喝酒，只是想激发创作时的热情，画出一种扑朔迷离的感觉和梦一般的意境。

庚年自幼生长在一个具有浓厚文化氛围的环境里，家庭的熏陶，个人对中国古代诗词和绘画的执迷，加之天生的资质，使得他在很小的时候就表现出对绘画艺术的颖悟而深得赵望云、方济众诸前辈大师的钟爱。他勤于练习、善摄菁华，常与赵振川、吴三大、张义潜、戴希斌等师友促膝谈艺，切磋过从。画境日趋高远，技法日臻成熟。但凡观过庚年绘画的人，无不为画面中流动的空蒙的气态和鲜明的个人风格所撼动。在他的笔下，无论是枝头栖息的小鸟、水塘芦苇荡里静立的鹭鸶，还是在草丛花间嬉戏的彩蝶，都表现得那么从容自得、文质彬彬，体现出自然内在的生命结构和韵律，天真烂漫、生动活泼而有野趣。他的画运笔沉重稳健，断续抑扬，舒缓而有节奏，在中锋顺势的笔法中，掺用干湿峭利的逆锋偏锋，把墨色的浓与淡、干与湿、虚与实的对立因素协调统一起来，形成苍劲明快的独特笔墨形式。他的画设色华美、淡雅古朴，多用宋人没骨之法，在对自然物象的描绘上他不是如实反映在画面上，而是经过艺术创作上的一种美的处理，无疑加强了形象的抽象意味，更求神似，这不能不说是对传统绘画的创新。他的花鸟画总是给人一种"仙子凌波、美人临风"的感觉。

庚年在我的印象中就如同眼前吹过的一阵风，无迹无痕。他隐于我们这座画家、书家如云的古老城市当中，他守拙抱朴，独行于瘦风清雨之间，在一种空灵的生命状态中，仰观俯察，不为时尚所动，不为世名所累。我以为所有的艺事，应是对生命感悟的承载和人格精神的体现。中国的书画家是用笔墨来造一个宇宙，一个画中的宇宙，一个属于自己语言的宇宙，其真正的内涵和意义并不仅仅在于"刻之名山，传之后世"，而只有那些敢于挥洒性情、挥洒生命的人，才是真正的名士。

秦岭的云

我时常看见云从西安南边秦岭山麓的天际上飘过头顶。夏天的云，通常浓厚，来得激烈，伴着狂风暴雨，也去得快。这之后，天空高朗，万里睛阔。秋天的云，在秦岭上总是轻柔淡远，在不知不觉间，已浮向了远方。

云横秦岭，雪拥蓝关。没有云，秦岭在人们的想象中会失去它迷人而神秘的部分。许多对于秦岭的记忆，都离不开云在其中的流动。而我更多地将秦岭的云看作是心灵的慰藉，它们浮动在秦岭的山峦中间，给人一种安详之感。

秦岭山中的人家，总是在其周围环绕着吉祥的白云。清晨或是黄昏，农舍的炊烟升起，然后在山中慢慢散去，似乎云本生于这些山里的农家，把田舍当成自己的故乡。

七月的天气，在西安雨过之后偶然能见到秦岭上空的彩云，瓦蓝透亮，还镶着金色的彩边，呈现只在顷刻之间。云过雨随，关中的农家视秦岭的云为祥瑞，许多时候，有经验的老农会倚着锄头看云，来预估田地的收成。

到秦岭山中游旅的人们，有些知道在分水岭看云。许多时候，云汇聚到分水岭之上，然后才随着气流的变化，朝南还是向北移动。云在秦岭的分水岭之上最富于变化。它们似乎要在此展尽自己的风姿之后，才会飞向别的去处。有时，云将分水岭的山梁全部笼罩，会出现"山从人面起，云旁马背生"的景象。我们就有幸见到古人当年所看到的那一幕了。近些年，听说有人从秦岭北坡的东佛沟上去，在山顶的一片草甸上，躺着观云，想必这是极有趣的方式，只是在我，还没有这样的机会去尝试，不知道其中究竟是怎样的一种浪漫。

赵望云先生画秦岭的云，用淡墨在山峰的顶端横扫，平和自然，不费一点力气。与南方的画家不同，长安的画家画云，不用线条去勾勒，而是用侧锋来扫，以回锋带过。这样，云卷云舒，云起云落，都掌控在笔气的变化、飞动当中，率意而灵动，不失秦岭之云变幻的特色。远看取势，近看取质。秦岭的山势，在长安画家的笔下是通过云来一带而过、一挥而成的。

云让我对山不断产生向往，这向往现在正浮动在秦岭之上。

心灯的传递

2016年初春,在西安交大的校园里,虽然寒霜并未散尽,但春意已经悄然来到。踏着尚未消融的残雪,走过60年前由第一批西迁教工亲手植下的树木,让人的心头掠过一阵激动。那些最早盖起的砖混结构的教学楼,就掩映在同它一起站立在这块土地之上的树木遒劲的枝干中间。它们在新建的现代化的图书馆、学术中心和其他建筑中,丝毫不显得过时和老旧,恰恰相反,经过一甲子时间的磨砺,它们在岁月之中的风骨尽显。

学生们还处在寒假期间,交大的校园,此时比往日要显得宁静。偶尔有人走过图书馆前的空地,塔楼之上的时钟,更为明晰地映入人的眼帘。这座与昔日唐朝兴庆宫毗邻的校园,它的沉静,它在时光之中所呈现的样子和其中渐渐沉默的部分,它背后鲜为人知的精神心路,它内在的光辉,早已盖过了富丽堂皇的宫殿。

对于当今中国大学教育和大学精神何为最有发言权的人们,已经从这所校园离开了。他们中的许多人,没有来得及留下片言只语,就走了。或许是时间的偶然和历史的巧合,那些早年从黄浦江畔来到西安城墙里的第一批西迁的交大教职员工,他们并未以精神星火与思想心灯的传递者自居，也没有完全意识到，长安实乃中华文化传播的源头之一。但他们汇入源头的宗脉，重新叙写了更为惊人魂魄的精神景象，续写了另一曲心灯的传递。真正的守夜者守护的是永远都不可能降临的白日，对于他们心中的白日，除了守护之外，或许并没有更多要说的话。

站在西安交大的校园里，作为一个后来者，面对那些已经长眠于长安厚土里的这所学校的开拓者，我除了前来凭吊和缅怀之外，胸中还有被他们激起的翻滚的热浪。

在中国现代史中，教育一直都是我们这个民族反抗命运绝望的道路。鸦片战争之后，西安交大的前身——南洋公学的建立，便是一个有力的例证。它是由危机催生的渴望新生的花朵，经由危机的震荡所唤醒的生命意识，对于习惯于忘却的集体记忆，是多么珍贵呀。尤其是在歌舞升平、形势一片大好的情形下，交大120年的心路历程，仍然在警示我们：忘危必亡。要在危中见机，并且要有化危为机的能力与意志，要能够在绝望中赢得希望。

开拓者的脚下，从来只有无路之途。早先南洋公学的办学条件，不是等来的。没有时间和机会，让人坐而论道，等着万事俱备，而后东风徐来。盛宣怀这位智者，意识到了将中国人从苦难的底层解脱出来的最好办法，便是刻不容缓地兴办起新式的学堂。他目光远大、图强变革，又寝食不安，提出了"自强首在储才，储才必先兴学"的主张，并且促成了南洋公学的建立。

盛宣怀这位被称为"近代中国第一商父"的人物，又能开现代教育的风气之先，最终经他之手，在上海和天津促成南洋公学与北洋中西学堂的设立。从个人角度看，这一切与他的生命所呈现的格局不无关系。尽管他在思想上是保守的，但他能够包容和延揽张元济、蔡元培等，与他在各个方面都完全相异的人士。在他的胸怀里，学术只有湛深，没有闻达。他可以出于个人原因，对人对事，形成自己的好恶，一旦放在公共与国家的层面上,个人可以不喜欢,但天下需要,就是己任。

在个人生命与社会历史之间,始终存在着重叠交汇的联结点。生命美的答案与历史前行的逻辑,就隐匿其间。它们由公与私的各种因素构成,又受其所形成的机制支配,并且偶尔只在具体的时间、地点里闪现。

关于盛宣怀和西安交大的历史,此前,我都知之甚少。长期以来,中国大学的历史,很少能够走出它的围墙和大门。那些暖人的东西,被封存在档案或校史的陈列室中。高智商、利己善变的人,早已经为自己的未来谋好了出路。因此,120多年前的盛宣怀和西安交大的开端——南洋公学,更加吸引我。

1916年4月,盛宣怀签出了自己人生最后的两张支票,其中一张20万元是给南洋公学的。一个人与一所学校或集体的关系,看似抽象,又十分具体。但在盛宣怀身上,他能将私我与公我两种矛盾对立的东西演化得完美统一。他把自己打造成了一盏灯,燃油耗尽的过程,不仅为随后的交大带来了温热,而且也让自己内心的爱,没有止步于简单的给予。120多年来,西安交大能走过风雨,是因为他一直都在起点上给予着指引。

在西安交大的校史陈列室里,我见到过20世纪50年代教师所写的教案和学生的作业,虽然纸张已经老旧,但在工整的字迹之上,仍然令我感到其中认真、干净的用心。那些单纯严谨的字迹,在今天的老师与学生中已不多见。让人敬意油生的是,在这些纸张背后,同样能让人感到,那些无名的书写者在写下这些文字时内心里的纯净。安静的书写者和他们所写得极为安静的文字,在空荡的陈列室里,比安静还要安静。这一切,让我不由得想到另一位在西安交大早期同样贡献巨大的唐文治。

"实心实力求实学,实心实力务实业",这是唐文治为南洋公学所拟校歌中的两句。他在学校9年的时间里，首建铁路专科，又设电机专科，打造了20世纪初中国最尖端的科技利器。他还在南洋公学创建了航海专科和铁路管理科。至此，学校工程技术教育的学科专业框架基本形成。工程训练所必需的金工机械，电机、材料、无线电实验室，以及铁路测量实验室，木工模具厂、物理和化学实验室得以扩建。

"须知吾人欲成学问，当为第一等学问；欲成事业，当为第一等事业；欲成人才，当为第一等人才。而欲成第一等学问、事业、人才，须先砥砺第一等品行。"唐文治是这样讲的，并且也做到了他所说的。蔡元培曾评价唐文治治理下的南洋公学"成绩之优美，为举国学校所仰慕"。

我个人总是一厢情愿地认为，唐文治也属于能让人安静的人，并且更加确信：我在交大读到的老师与同学文字之上凝聚的安静，都与唐文治给我带来的个人印象有关。

这样一种"精勤求学、敦笃励志、果毅力行、忠恕任事"的精神，或许根本就无须借助任何声音，便能在人世间传扬。相比那些个所谓今日的学术明星，他们对什么都能发言，都敢发言，都不知耻地拿来供人消费和消遣的行径，唐文治和有良知的交大学人们，仍在无声传递着美好且令人着迷的东西。

写关于西安交大的文字，既非我有这一方面的专长，也不是因为我能够占据道德的制高点，来从中归纳、分析交大学人120年风雨所蕴含的精神价值。相对交大人最为闪光的部分，我既无资格，还感羞愧，更遑论能写下与他们相符的文字。我之所以还要写，是因为他们西迁的壮举，触痛了我已经麻木的神经。

有一组交大西迁的数据，其背后涉及的需要个人和家庭承担的具体困难，无法想象。许多人必须在那个对他们而言都是重大变迁的过程中，用肉身承载着。每时每刻，他们承受着因为西迁的巨变所引起的震撼、惊愕、不适，甚至是痛苦和生离死别。

1955年年底交大在册教师556人，迁来西安341人，占总数的61.3%，留在上海的215人，占总数的38.7%。而留在上海的215人中有51人，迁校期间仍坚持在西安任教。

1956年年底交大在册教师737人中，迁来西安的有537人，其中教授24人、副教授25人、讲师141人、助教358人，占教师总数的70%。青年教师中有80%加入了西迁的行列，后来这批人中当选院士的有姚熹、屈梁生、谢友柏、涂铭旌、林宗虎、汪应洛等。在上海入学，又出国深造，学成后回西安任教的有史维祥、潘季、向一敏、蒋国雄、马乃祥、葛耀中等。

从上海西迁西安的学生，1954级和1955级共计2 291人，占两个年级总数的81.1%，1956年入学的新生2 133人，全部在西安报到就学。

1956年至1957年，运送西迁物资的列车满装700多个车厢。全校约19万册图书中的14余万册，也被运抵西安。全迁或部分迁至西安的实验室有25个，迁校过程中新增实验室20多个，在上海、西安分校之际，西安交大重要的仪器设备数量超出上海交大近乎一倍。

从1955年三四月间启动交大西迁，5月即完成了西安校址的勘察，10月就建房子，一年多以后，在原先的麦田和荒地上，一所新的校园基本上建成了。到1956年的9月10日，交大在西安举行的新校开学典礼为止，共有师生员工及家属6 000多人迁入了西安新校，还不包括后续迁来的系、科师生及他们的家属。

在交大调往西安的教职工中，最早需要解决调动配偶家属的有近300人，交大校内一时无法全部安置，有许多人被安排在西安市区内的医院等单位工作。他们每天要赶早挤公交车，到新的环境和陌生的地方工作。他们的付出实实在在，又无法看见。交大西迁带给教工及家人个人承担的部分，需要他们在漫长的日常生活中，不断地接受。

交通大学1956年、1957年两届毕业生的80%，也被分配在西安工作。其时交大的校长兼党委书记、副校长、教务长、总务长等主要领导干部，以及所迁各系、专业的党员和骨干教师的大多数都迁到了西安，实现了交通大学的主体西迁。内迁西安的交大，相当于在大西北再建了一所大学。不到两年的时间里，教学与科研所需要的一切基本条件都已就位，新生按时入学，教学的节奏未受影响，西安新校不仅拔地而起，而且在多个方面都超过了上海老校，所有这一切，在中国高等教育史上都是一个前所未有的奇迹。原本看似无法做到的事情，交大人将它变成了现实。育人为本、课比天大、教学优先，或许是西迁一代交大学人心目中的真问题。他们在迁徙和动荡所造成的极端困难里，实际地解决了自己所要面对的问题，将他们认为的大学理念，变成了具体的实践，并在各自的日常工作与生活中得到了贯彻。

最终促成交大西迁得以实现的背后原因，大概就是那一代学人为之付出的牺牲吧。经由他们传递的心灯，没有在他们那一代人心中熄灭。

中国的大学教育，已经成为大家共同热议的话题。在我们能看到的讨论中，大学的理念、大学的功能与任务、大学的文化与精神、学术伦理与学术规范、价值理性与技术理性、国际化与精英化等等诸多的话题，都将教师个体，在具体时空中最具性情的部分抹去了。他们在个人层面上，面对家国等大的问题做出选择之后，所造成的自身生命与生活的际遇，很少被用来作为此类讨论的新鲜资源。在一个人人只为自己争取私利所构成的教师群体的大学里，不可能有独立的思想与自由的精神。独立是不受任何影响而做出的自己的判断；自由同样意味着没有绝对的自我放任。它们在大学里，都有赖于老师的成己立人。说到底，老师在大学里的牺牲，决定着学术独立与自由的限度。他们不做什么，才意味着保卫和捍卫他们的追求。这些才是一所大学精神得以形成的关键。在交大西迁的教师队伍中，如果有像人们所说的"百年淬厉电光开"的情况出现，那绝对是离不开由那一代教师构成的风景的。

殷大钧教授西迁时，老母亲已经88岁，而自己也患有胃病。他克服困难，说服全家，携老母和家属6口人来到西安；吴之凤教授举家来西安之前，卖掉了在上海的钢铁厂和洋房；陈学俊教授，同样卖掉上海的房子，携家西迁，刚到西安的日子，两个孩子进城上学的主要交通工具，是农民的马车。

陈大燮教授是交大西迁时期的教务长，是最早携妻到西安的那批人中的一员。他自己患有严重的糖尿病，每日所花的注射医疗费，从不用公费医疗报销。为了减少医务人员的负担，他每天坚持自己打针，还婉拒了学校将其女儿调至身边照顾的好意。在他患病的晚期，夜间大量出血，他不愿惊扰别人，硬是拖到天明。

迁校初期，张鸿教授的夫人常年患病，卧床在家，经常是其他老师都吃完中饭回寝室了，他才提着饭盒，敲开已关闭的食堂卖饭窗口，然后去照看病床上的妻子。他的腰不好，陆庆乐教授想为他向学校借一个单人沙发，他知道后婉言谢绝了。

周龙保教授和妻子刚来西安时，西安的供应十分紧张，两个孩子都很小。为了能让西安的两个孩子吃到白糖，他远在上海的母亲省吃俭用，每天早晨在买粢饭团时，都要把里面夹的白糖一点点剥出来，再小心用纸包好，积攒起来，托人带到西安，送给孙子吃，以补充营养。成为博导后的周龙保，其才能被多家单位看中，邀请他去，都被他谢绝了。

万百五教授是家中的独子，西迁时，他没有留在上海陪伴年迈的父亲，而是毅然来到西安。由于他们夫妇在校工作都很忙，他们的两个孩子出生后，就送到上海交给家里照管。在上海，爷孙们就这样相互照顾着生活，孙子小的时候先是爷爷照顾孩子，等到孩子大了一些，又开始照管爷爷。每次提到当年的往事，万教授的内心就难以平静，就涌动起莫名的酸楚。

真正的爱是一种献祭，是一种付出而不加以收回，也不需要回报的牺牲。人类靠这些普遍存之于自身和自然间的交往与馈赠而得以维持长久。精神、价值与理性都建基与其上。各扫门前雪，各自都不可能持续太久。

交大西迁，这在这一代学人身上发生的故事，蕴含着上述简单而深刻的道理。而他们的故事，远比抽象的道理生动、具体得多。

每一代人都要面对各自的问题。他们必须通过解决这些问题，才能够确立自身参与当下时代的深度。强盛的国家和有力的个人，从来就没有大功告成、舞乐升平的时刻。在他们的眼中，随时随地都要直面不断涌来的问题和危机。

在西安交大120年迂曲漫长的时间经历中，在一代代学人内心的深处，一直不灭的是他们精神的薪火。有一盏看不见的灯，不断地在交大人的手中传递着，不因时废事易。你可以讽嘲，可以无动于衷，也可以视而不见。但心灯的燃烧，绝不随自身之外的东西而泯灭。

长安一片月
——关于西安的文化想象

在《看不见的城市》中,卡尔维诺想象马可波罗与忽必烈汗相见的场面,他注意到城市间有许多相像之处,并且描述它们的奇妙。他将城市看作是梦,在其中可以想象的东西皆可入梦,但最出乎意料的梦也许就是一个画谜。

在许多非凡的不可思议的城市景象之上,都由每一物掩饰着另一物,而"一个梦是对我们还未提出的一个问题的回答"。

我们在城市中漫游的经历,许多时候都是这样,尽管我们是在醒着的状态下,走过了广场,来到了车站,又似乎像是锁闭在梦的境遇里,沿着街道一直朝前走。两边的店铺,陌生的人群,前方不远的转弯之处,联结另一个地方的路口。这些眼前的情景,就像是链条上的一个环节,正在被另一个环节替代。我们也正在成为这一环环相扣的装置的一个部分,包括我们的行走。这一切最终都指向着一个梦,成为对于眼前不远处下一个情景的好奇与期待,让城市这样一座人造的"天堂",永远都处在被人的期许、不断追随和探问的过程中。总是下一个,也是唯一的一个。城市这本大书的魅力,永远都藏在它尚未说出的部分。

1924年,鲁迅先生曾经有过西安之行。在对千年古都进行了一番现实省察与文化想象的对比之后，鲁迅放弃了计划中历史小说《杨贵妃》的写作想法。对于"长安的事"，他有过这样的附带记述：

"今年夏天游了一回长安，一个多月之后，糊里糊涂地回来了。知道的朋友便问我：'你以为那边怎样？'我这才悚然地回想起长安，记得看见很多的白杨，很大的石榴树，道中喝了不少的黄河水。然而这些又有什么可谈呢？……自愧无以对'不耻下问'的朋友们。

……我一面剪，一面却忽而记起长安，记起我的青年时代，发出连绵不断的感慨来。长安的事，已经不很记得清楚了，大约确乎是游历孔庙的时候，其中有一间房子，挂着许多印画，有李二曲像，有历代帝王像，其中有一张是宋太祖或是什么宗，我也记不清楚了，总之是穿一件长袍，而胡子向上翘起的……"

显然，对于其时的西安，鲁迅先生没有清楚的观感。实际的西安与"凭书本来摹想的"西安，毕竟完全不同，甚至连天空都不一样了，而非唐朝的天空。书本和现实的长安已经模糊不清，长安已非长安。两个长安都像是梦游中的情况，尽管荒凉，却潜在地激发出了"长安何处"的探问。

有一点是确切的：当鲁迅实际面对西安的时候，无论观感如何，西安对他而言，已成了复数。不止一个西安，也不仅仅只是现实与历史的巨大反差。存在着对于多个西安的文化想象与集体记忆，在其中谁都可以见仁见智。

"长安寂寂今何有，废市荒街麦苗秀。"不只是鲁迅先生对于长安的失落有着心理上的反映，即使在唐末，繁盛埋没，举目凄凉，故物皆无的景象，就早已映入敏感的文人眼中。鲁迅先生在其中或许看见了更为深重的文化危机，而当时随行的孙伏园先生，情绪就稍显舒缓一些，与鲁迅的趣味不尽相同。孙伏园先生在随后所写的《长安道上》这样说：

"陵墓而外，古代建筑物，如大、小二雁塔，名声虽然甚为好听，但细看他的重修碑记，至早也不过是清之乾嘉，叫人如何引得起古代的印象？照样重修，原不要紧，但看建筑时大抵加入新鲜分子，所以一代一代的去真愈远。"

孙伏园对于西安的记述，信息量要大得多。在他看来："看大、小雁塔，看曲江，看灞桥，看碑林，看各家古董铺，多少都有一点收获。"残破倒不要紧，一代一代地"去真"，会打破他对西安原有的那一点印象。故都的"去真"化，让孙伏园也像鲁迅一样，有了对于西安类似的感受，只是两人的侧重与立足点不同。

长安在文人的想象中类似一个梦，当这个梦回到现实中，总会变化并呈现出异样来。途中行记或游历观感之类的文字，虽然多为片段、零碎的东西，显得不够完整、系统，但它们对我们了解时空中的对象还是有帮助的。尽管像长安这样的地方在中国文人心中多少都有着不解的情结，体现在文字里会不同程度地形成长安的象征或暗喻效果，我们还是可以通过他们的文字了解到西安当时情况的点滴。

对于西安的印象与记忆，外国人因为文化情感方面的因素使然，与中国人会有所不同。曾于1906年至1910年在西安陕西高等学堂教书的足立喜六，对西安及周围的历史遗迹进行过系统的实地考察和研究，留下了《长安史迹考》等大量的文字和珍贵的实拍图片，为西安保全了20世纪初期城市真实样貌的许多图像。足立喜六1906年对西安的第一印象是这样的：

"由灞桥行十里许至浐桥。是即圆仁所谓之浐水桥，惟桥已非唐代所建。桥系石造，两端建立牌坊，与四面风景甚相调和。过桥复行峻陡坡道，抵十里铺。此坡在唐朝时名长乐坡，为东郊名胜之一，由此约行十里，即为长安街市，在坡道上已可望见省垣之东门与城壁。在东关门前，换乘绮丽马车，振作威仪而入城。城壁之伟大，城门之宏壮与门内之杂沓，均可令人惊异。"

足立喜六对浐水桥、牌坊、地名、城壁和沿途的一切都颇感兴趣，并且尽量能与历史进行比对。尽管其时西安城内的杂沓同样令他惊异。但是，足立喜六的注意力更多地投注在古迹与遗址的本身之上，实地的勘查、测定，少有好恶之判断。

西安这座城市自唐末衰落之后，它的荒废本身，也会成为它多样性的一个方面。足立喜六留下的关于西安20世纪初期的文字和171幅珍贵的照片，真实地反映了历经千年衰败的城市景象的不同侧面，同样也会将人引入西安的旧梦。

其实，在明清时期对于西安的文学叙事中，就早已经将西安历史化了，寻古探幽，遍访诸陵，抒发思古之叹，已经成为这一方面惯常的方法。但西安并不是作为一个实体被描写的，它是作为一个空洞的背景，不见生活的细节情景，也缺乏实体感，更谈不上对于城市性格的塑造。灵异传说，鬼魂故事，多在长安城头夜行，多可以被形容为长安之夜的异梦。

林语堂的《朱门》与贾平凹的《废都》都是以西安作为实体空间对象的文化叙事。《朱门》里透射的西安现代经验、场景、细节和风气，以及主人翁李飞的犹疑、无奈，提供了西安城市向现代转型时期极为丰富的文化想象与记忆。《朱门》内外和《废都》之中，都有着意味深长的人间烟火。

从汉唐到今天，由长安到西安，涉及这一片地域空间的叙事、记忆和想象，充满了变化与不同。唯一不变的是长安的明月。这明月一直在西安的夜空中映射着光轮，带着声音，带着温暖，也带着日常生活的冷淡，成为西安城市的一个隐喻和象征。

唐诗中有许多时候描写到这轮月亮。李白在长安看见它时，是这样写的："长安一片月，万户捣衣声。秋风吹不尽，总是玉关情。"望月驰想，不仅是在夜里听到城中妇人的捣衣之声，关于长安的月，以及对月亮的痴爱，在更深的夜里，引发了他的思乡之情："床前明月光，疑是地上霜。举头望明月，低头思故乡"。"举杯邀明月，对影成三人。"李白已经把长安月视为知己、视为朋友了。

西安的终南月光，同样富含意味，那种奇异独特的山间月光，会使人想到冬日的残雪，即使在城里明城墙的雪地里看见那轮月光，也都使人想到终南山。月亮在这两个地方之间建立起联系，在唐代，诗人祖咏敏感地察觉到了这一切："终南阴岭秀，积雪浮云端。林表明霁色，城中增暮寒。"长安的月，即便在霓虹激光四射的今天，对于那些与自己相伴许久的建筑来讲，都是最美的。灯影光束、闪耀辉煌的大雁塔，怎么变换花样，终不及它在月光里的样子迷人、美妙。

许多关于西安的记忆和文化想象，都是经由月亮生发、转化，最终在我们面前展现开来。月亮是自然之物，也是一种文化想象，甚至还与我们自身合而为一。重要的是我们如何来看待这样一种关系。我们的文化和观念，是如何发明和建构了这样一种关系。尤其是在西安，对于我们所看见的"长安月"，以及它的声音，我们又该做何感想。

王朝视野中的都城西安

西安自公元前11世纪中叶西周文王、武王在西安西南沣镐两河沿岸建立丰镐两京起,迄今已有3 000余年的建城史。作为城市,西安最先也是以都城京师的格局和要求来构建的,并且有1 100多年的历史。在过去的3 000多年中,有三分之一的时间,西安处于中国社会政治、经济、文化的中心。在汉、唐近500年里,不仅是全国最大最繁盛的城市,还是国际性的大都会,对世界的发展产生了广泛的影响。

如何面对曾经在西安这片土地上出现,而如今又被分解、风化和剥蚀成废墟的城垣,以及现在还依然耸立的那些时代的部分建筑、古老的街区、隐显的城市格局,甚至包括我们还能够隐约可感的愿望形象与精神崇拜等等的历史踪迹,本身就是一项极富诱惑力的事情。尤其当我们某个时候,身处这座城市川流的车海人潮,陷入苍白不安的焦虑与恐惧当中,那些过往时代的东西,总会让我们在和平封闭的堡垒里,感到些许的舒缓。这些东西可以让我们变得慢下来。比如说,在唐长安城与西安现在的地理分布上,对比寻找我们感兴趣的某个地方,或某个我们喜爱的人物曾经去留的印迹。

西安城市面貌的历史变化,就像是我们手中的一本书。那些不同历史时期呈现在城市建筑之上的可视形式，就像是一个一个的故事，它们包含着不同的思想方法、书写模式、视觉敏感和管理形态，以及政治经济的合理化需求。

在这一切之中，成为主导和综创性因素的仍然是王朝的视野。在王朝的视野下，西安这块土地上历经了汉唐之城的兴衰。

都城的选址，必须考虑地缘政治经济和军事防御的需要，而都城的建筑设计、布局规划，则必须出于王朝权利事业的考量与观念认知。西周在西安的城市形制是"方九里，旁三门。国中九经九纬，经涂九轨。左祖右社，面朝后市"。

方九里、旁三门，九经九纬、经涂九轨，足见西周京师都城的规模在当时已相当可观，这些规制要求体现了王权至尊的观念，对"三""九"之数的选择与重视，也有大而宽阔的思想在其中；左祖右社、面朝后市的城市空间秩序的安排，是基于当时人们对于礼乐和宗法等级的认识与考虑，也是为了满足上述的功能需要。

朝堂、宗庙、社坊、市集、街道组成的功能区，是早期都城的基本结构和基于王朝统治的功能需要。在高台上营构木质结构的楼阁，上下层房间不直接重合，却房檐相叠，外观上构成金字塔式的二三层或更高层的群体建筑，除了有居高临下、便于瞭望、适于守卫的实际功效外，也有让人望而生畏、唯我独尊，强化君主集权的意识，上述思想在这样的高台榭、美宫室之中，都一一得到了具体的贯彻和落实。

从秦代都市宫廷建筑群出现的"阙"来看，都市建筑还被赋予了助教化的作用。"阙"在建筑群体的入口处和宫室与万民的联结之上出现，除了要表征宫廷的神圣外，还用来宣示新法、昭示王法横空而出的气魄与王朝京师未可限量的未来。

早期的都城以及宫庙的布局是按"法天象地"的思想来设计的。将都城和天权观念结合起来营建，是为了在空间中体现与天合一、王权至上和君权神授的思想，让都城的空间与建筑的布局永远铭刻上这样的思想。

为了让上述的观念得到彻底的贯彻，秦筑咸阳宫，"以则紫宫、象帝居。渭水贯都，以象天汉；横桥南渡，以法牵牛"。以2 200年前夏历十月傍晚6~8时的今西安市顶120度视角的天象印证，秦都宫庙阁道的建筑与天河星象在平面上极为相近，建筑物平面各点与空中景象平面各点具有垂直投影的关系。

西安城市的历史，某种程度上讲也是一个空间创造和发明的历史，西汉王莽为其复古寻找合理化的依据，曾在西安西南大肆兴修京畿建筑群，涉及明堂、辟雍、九庙、官稷和郊祀建筑等，为自己推翻西汉王朝，借助对于空间的改装，制造意义、寻求理据。礼制建筑在此成为生产新的价值意义的空间机器。

城市不是一座孤岛，而是一片由空间的关系和意义组成的海洋。一个区域同另一个区域之间，需要通过实际有效的途径与方式，使它们相互产生关联，才能使它们产生各自独特的效应。孤立的地点或区位不具备实际的意义与价值，它们是在一系列关系组合中，在对其他区域的映射中，来确定自身位置的重要性。在西安空间建构的历史化进程中，承载这一联系任务的是道路。秦朝通过大修驰道，将都城与边疆地区有机地统合成了一个整体；唐长安城宫城、郭城与皇城之间的联系，是通过密布的甬道、阁道和街道来实现的。

在西安城市空间的结构布局中，里亭和坊里制的居住区，是生产空间意义与功能效应的基本单子。它们由道路联结贯通，呈现出棋盘式的布局。城市的每一种动向，在王朝的视野里都了如指掌，都像一场棋局一样，在栅格化的设计意图之中，都逃不过精妙的空间设置，都是权力在空间中新的控制与部署。

西安自古居于形胜之地，便于在其上营构神秘的色彩和神仙的意象。倘若一个城市没有秘密,没有类似仙境的山水格局和空间设置,它就没有管道能与未来接通。没有未来的城市,便没有希望,更不会长久。这是西安作为一座未来之城得以延续3 000多年历史的缘由之一。

在西安小平原上的坡塬,极为适宜建造具有梦幻色彩的宫殿。它西高东低、雄踞天下的地形走势,似乎一直都具有面向着未来的自信。南背山而北临河,四塞之关,八水缠绕,而南山之中又有七十二峪,这些地利的特征,极其符合周易与风水观念的应用,它们都是意义和关系的海洋。

王朝视野里的西安都城,还应当是一座想象之城和梦幻之城。它必须让自身的秘密铭刻在可视的一切物体之上,并且让它们流动起来。由记忆在人们的灵魂深处打上烙印。然后,再通过人们身临其境的空间设计来不断地激发这些记忆。让记忆变成超越性的文化想象,让想象生成秘密和对未来的憧憬。最终,城市的空间,便不再是单一的居所和建筑构成的实体,它还是一个虚拟的想象空间,是希望的空间。

在西安遗存的古老建筑和街区的角落,散落着无数的密码和历史信息。它们就在时间的尘埃之下,并且被新的现代化的潮流裹挟。包括西安在内的古老城市,它们在过去所要回应的是王权的统治,而今天则必需回应资本利润的需求,但是,西安作为城市并不是没有回应人性。当我们作为一个个体,将它看成一个秘密来加以探寻的时候,西安肯定也不会令人失望。

西安的空间与地理学的政治

最先向刘邦建议将西汉王朝的都城建在西安的人包括张良在内。此后，刘邦采纳了臣子们的建议。在此之前，秦的都城的一大部分已经延伸到渭河南岸的地区，咸阳在那个时候已经是包括今天的西安西北部分在内的广大区域。秦人不仅以西安周围为其核心，其实他们最早的都城就设在西安东北的栎阳，宫殿、陵寝也广布在西安不同的地方。当时想要攻打秦国的其他诸侯国，只能在远离西安的关隘之外，叩关而回，无法冲破秦国的天险。

国家和首都的建构基础是地理和人口。有了山川河流，作为国家主体的人群才可以繁衍生存。周文王将国都从岐山周原之上迁移到沣河、滈河两岸的原因也大致如此。这些大约便是后来许多封建王朝选择西安为首善之都的共同理由吧。

将西安选为都城处于安全和治理的考虑。西安的地理空间几乎完全符合早期统治者对于国家治理的策略需要。

作为首都必须居于国家地理的圆心。西安不仅合乎上述的要求，而且它背山临河，西高东低，居形之胜，在天之中，处于中国地理形势中居高临下的位置，并且尽显当时首都与国家其他地方所具有的审美和象征的关系。首都必须是其他领土的装饰,因为它要把自身对于国家的象征意义植入到其他领土之上。同时,西安南靠着秦岭的终南山,在早期人们对于山的崇拜中,秦岭被人视为"父亲"山,更容易使西安成为一个有威严的象征符号。

早期都城的建设与选择,必须考虑军事防御和安全治理,西安在这方面的地理优势,更是得天独厚。西安南面的秦岭山体高峻,耸峙入云,被称为"天下之大阻";西安西侧有陇山,北侧有岐山、九嵕山和嵯峨山,自西向东,遥相呼应,形成天然的不可逾越的屏障;在西安的东侧,则有黄河天险作为防守的凭借。

环绕在西安周围山岭、河道与谷口的关塞,在军事上使西安占尽了地理优势。这些关塞包括东面的函谷关、蒲津关、龙门关;南面的武关、崤关;西有陇山关、大散关;北有萧关。只要守住这些关塞,便进可攻、退可守。地形地理上的优势,为建都西安的各个王朝提供了军事上的优势。

国之都城仅有"四塞之固"还远远不够。一方面,从军事防御的角度上讲,它应当固若金汤;另一方面,它地理的牢固封闭,丝毫不应该影响它对于流动性所产生的功效。都城必须使得观念流通、意志流通、命令流通和商业流通。在地理上,都要使上述的流通在国都与其他的领土范围内,保持程度性与持续性的畅通。西安周围的傥骆道,南面的子午道、蓝武道、褒斜道,以及秦时所建的直道与渭河水道,保证了西安将封闭与流通集于一身,很好地在地理空间上,将两者牢牢地拴在了一起。两者如此相互促进,使得都城的构想,在西安的地理空间里,得到最好的实践。

作为首都,同时还必须是一个奢华之地,以便能够吸引其他国家的产品并且自身也具有同样吸引力的产品。西安可谓"山林川谷美,天材之利多",山林、河流和肥沃的平原,以及适宜的气候,是历史上最早被称为"天府之国"的地方。"八水绕长安"的水环境，秦岭北麓的七十二峪口和原始森林提供的珍奇丰厚的资源，以及沿终南山所分布的温泉带，为西安在汉唐时期成为世界最大的国际都会，提供了牢固的基础。

人口也是都城巩固持续安全的基础因素之一。秦始皇灭六国后"徙天下豪富于咸阳十二万户"，后又"征发民夫七十万人修建阿房宫和骊山陵墓"，使这一时期的人口增至六七十万。西汉时期，京城长安"为户八万八百，人口二十四万六千二百"，若把皇族、士兵和其他人口计算在内，总人口大约在五十万以上。唐天宝元年（742年），长安人口一百三十余万，是当时世界上人口最多的城市。京城对于一个国家的意义还在于：它的空间地理与资源，能够容纳三个阶层的人口及其要素与秩序，它必须能让君主、官僚，以及那些对于宫廷运转必不可少的士兵、工匠、商人和侍从，住在其中。西安在作为都城的历史中，呈现出这一方面雄厚的基础和独特效应，它的空间、地理与人口，成为王朝长治久安的支撑。

围绕西安地理和空间与治理国家的思想观念之间的关系，从某一个方面，说明了地理空间对于一国之都的重要性，并且这些认识最初都是出于地理方面的考虑。人口、地理、领土、安全，这些构成当今生命政治与权力运作的治理技术，其实在更久远的年代，已经显现出空间地理政治化的操作和看待。西安这样的地方，也绕不过地理，而地理在当时，涉及西安如何将可能的未来发展，以及人为的多样性，整合到空间地理中，使自然空间变成组织空间，以应对某种无法确切预知的事件。将地理空间纳入国家战略层面的构想，也是一个风险最小化和积极因素最大化的问题。

《管子》当中便有"凡立国都，非于大山之下，必于广川之上，高毋近旱而水足，下毋近水而沟防省。因天材，就地利"的论述，似乎就是在描述西安。而杜佑在《通史》中，更进一步在地理的认识中，关注到领土与首都的关系问题，他讲道："夫临制万国，尤惜大势，秦川是天下之腹，关中为海内之雄地……若居则势大威远，舍之则势小而威近，恐人心因斯而摇矣，非止于危乱者哉！诚系兴衰，何可轻议。"这些都是针对西安而言的。

　　张良等人对刘邦提出的定都西安的建议，已经在对地理、气候、自然环境的看待和处理方面，意识到了政治构想的实现，必须通过作用于环境来实现。对空间地理的利用，也是一项政治手段。西安特殊的自然地理，使它在历史中，不断地呈现在权力的眼睛中。西安自然地理中隐含的东西，不单纯是一个自然现象和状况。定都西安，便意味着它的地理要与权力结合，必须与心灵结合。这些，在进入西安的地理过程中，都是有可能遇到的，甚至是无法回避的东西。

让感觉得以穿过的街道

在我还是个孩子的时候,西安的大街小巷和沿途的建筑,包括院落的门楼、店铺、庙宇,多为旧式传统的砖木结构。明代和清代京城之外都城生活的品位和吸引力,仍然不显山不露水地在西安存活着,包括大雁塔、小雁塔这些唐代的建筑,其精神的蕴藉,都是极为内敛的。它们的形式、功用,以及外显的部分,丝毫都没有过分的地方。即便在它们身上有要通过自己的结构形式,来达致在空间中表意的企图,其结果,怎么看也不会太过强烈。

一个时代的格局,会在它留下的建筑中,偶然地形成。这使我对童年生活的街区保留的感受,也多多少少有着一种自足闲适与封闭安乐的体会。

在传统内敛的日常生活里,时间好像总是要慢半拍。一切都不必太过着急。实际的情况比人能感觉到的慢节奏,还要缓慢一些。时间更容易在静止的情景里滞留,包括原本就易逝的老旧事物,都愿意在此多一些停留。灰尘和发黄的故纸,连同废墟上的诗意,以及老式的街区沿途的各类建筑,在我童年的记忆中都随处可见。属于我个人的那一段时空记忆里,摆放着足够多的老东西,它们散发着古老的气息,也成为我对西安从前城市生活的独自拥有。

那时候，我每天早上起床的时间总是比应该的时间还要晚。上学迟到是我无法克服的习惯。所有的一切都在附近不远的地方，连物也都聚拢在了人的周围，像温暖的火焰一样围绕着你，根本就不用担心晚起的后果。

在许多个夜晚里，我感到白天的生活景象，已经早早地沉降在了那些铁匠铺、竹器店的背后了。日常的生活，普通人的生活，它们的具体实践，通过沿街铺面的转化，一项也不少地被摆放在了城市的托盘之上，成了西安往昔城市面孔表情魅力之所在。

走过青砖灰瓦构成的街道，我反复被提醒：要小心光明电影院隔壁高台阶上站立的疯子老婆；在城河里游泳尽量要避开倒在河中央的树枝。这些经验总是重复地在脑海里浮现，就像电报大楼报时的钟声一样有规律。

也总是在相同的地方，重复遇见同样的人和事。我青少年时期感受到的困顿，是否与这样的经历有关？

在砖木结构的建筑组成的街区之中，古老的意味，不言而喻。它们的表面之上，原本就充满着诗意，让置身其间的人们，享受着平静幻想带来的安慰。

钢筋水泥和玻璃幕墙的街道，无法使我的感觉得以从中穿过。在骨子里，我还没有完全脱离旧有的羁绊，也还没有真正弄清生活富裕与生活幸福之间的关系。

粥

粥的烹制与食用,一直都是极为常见和普通的事情。这种食物躲藏在其他的美味佳肴之后,只与平淡的日常生活紧密相连,在意味上也是如此。有些食物可以显赫一时,但它们的活力很快便会在时间当中失去效应。粥显现出的属性似乎永远不会过时。它对人体的有益作用,持续的时间也相当恒久。这种淡朴的食物,保留着极其温厚的品性,尽管它的制作,需要在煮沸的水中熬制一定的时间,但在它的构成中,总是蕴含着某种不死的东西。有些食物也具备了与粥相似的类型,同样具有汤羹的形式,但那些美食的制作,完全是暴力的结果,不像粥能够保留住对象材料的精华与活性。

对粥的食用在任何时候都需要,它是一种对象的食物,是更具本性的食物。粥的烹制无须添加任何佐料,也不需要复杂的制作过程,几乎人人都可为之,对它的食用也是如此,粥不属于看起来就已经十分过分的食物。它的作用,从不溢出形式之外,也不嫁接其他食料的属性,只是在自身当中,保持着天然的成分。据说粥熬成之后,添一勺花露尤为香馨,但也仅限于桂花等极少数的品种,若将玫瑰的花露放到它当中,粥原本的香味就会改变。

米和水的量之间总是有适度的比例关系，才会使粥制成后，见汤见米，而米与汤，看起来又浑然一体。粥的烹制忌水多，除此之外，还要火候到位。与现代某些食品添加的色素不同，粥的颜色，始终与它原料的颜色相一致，没有那些化学元素带给人的凉意，相反，它是有人情味的，柔和而又充满着自然本性的诗意。

　　作为一种食物，粥不仅给人以滋养，更重要的是，它还有益于人们对其他食物的消化。在它流质化的形态当中，消融了有些食物的硬冷，对于肉食顽强的组织结构，也有中和的作用。

　　有些食物被制成之后，便处在了它的顶点，而粥从任何方面看，都是基本的食品，它被制成之后，只能算作是开始，在入口前，仍然还有自己生长的空间。这也是有些食物被放到桌面上便死了，而粥仍然看起来还活着的理由。

　　粥这种味道至淡的食物，就好像道路一样，可以把我们带到远方，也能够送我们回到家中。

南门花园

半圆形的花园拱卫着明代的城楼。夏天的黄昏,对于树林草丛与幽径的记忆,现在永远只属于童年的身体,只与那一段漫长的时间流程所隐含的无数秘密和好奇相关联。

空间感会随着一个人年龄的增长而成比例缩小,之后,新鲜与陌生的事物,也烟消云散了。但躯体在童年南门花园中的时间经历,依然魂牵梦萦。由瓮城伸出的道路一直延续到钟楼,将花园分成了两个扇形的部分:国槐、冬青、海棠花、蔷薇的丛林,掩映着路的弯折和回环;城垛和从外围绕过它的道路上,有马车与自行车,还有少量汽车。晚霞映照的余晖,使花园的四周浮升着响亮的生活气息。

西安,西安,王朝之后的历史,童年在它南城之内的花园里消逝,一个少年的忧郁,最初全都置身语言之外。当我随着大人进入花园,我尚未学会说话。但我记得这座在语言之外的花园,给我带来的向往与好奇。通过手指的触摸和脚步在它当中复往经过,我的眼睛、鼻子和耳朵,遇到了它们遇到的东西,而这一切,都不可名状。后来,我学会了讲话,语言之外的那座花园和童年,便随即消逝了。

接着是对花园的看待和了解所发生的改变。它们来自语言和言说能力的获得。在语言中,花园一次一次重新被分类排列,或放大或缩小,并且被建构和着色,包裹在语言强大的形式之中,以至离开了语言,便无法了解和再看见花园。

我记得,中学时期每天上学途中都要经过南门花园。在它的树林丛中,曾经被人狠揍过两次。树林还引发过我的性幻想。

现在,我学会了用人们发明的语言同花园对话,但对于深藏在花园之中由语言带来的隐喻,却仍然还是一无所知。

他不是那种——因为想要了解花园——才开口说话的人。

大雁塔

它最初只是东南方向上的一个方位的标识，随后才逐渐地涉及距离、陌生的范围和伸向它的那一条条道路。在东南方向有许多个区格位置的标记，包括最早天际之上显现的那道光，也包括它本身——大雁塔。

从我站立的地方（西安的南城墙）眺望，我与它之间相隔着一段距离。于我而言，它只是一些地方与地理性的常识记忆，也仅仅只属于我个人。

大雁塔在20世纪70年代属于西安人生活界标之外的区域。一年当中，去往的回数屈指可数。我记忆中只在阳春里随大人们去郊外踏青，才有过往，更多的时候，都只是眺望。

塔楼是出于宗教的目的而建的，此后，围绕着它所进行的话语建构，就一直没有停息过。

作为西安符号化的符号，大雁塔也曾经矗立在市民生活的中间：它的塔身和巨大的光影，被印在香烟盒子的正中。它曾经以这样的方式，介入这座城市的日常生活。孩子们在用这样的烟盒纸叠成的"三角"上，目睹了大雁塔的折弯。

大雁塔建在了这座城市的背景之中。随后，关于它的各种传说，以及它在时间当中留下的东西，也都印入这座城市生活的底色当中。在这座城市里，生活的背景，永远也不会等同于现实的生活。类似大雁塔这样的地标性建筑，自它建成之日起，也为自身设置完成了同类型的谜语结构，供人进入登临，并且在各个不同的位置上，供人抬头仰望。就像用一个谜，来解另一个谜。永远都是唯一的一道，但绝不会是最后的那道。

大雁塔现在早已是一个供人游览、参观的景区。以它为坐标，西安被分割成了东、南、西、北四个区域。无论塔楼在它建设过程中的初始目的是什么，一旦它被建成，便自然而然地获得了一个在它之上全景敞视的空域。现在，塔楼本身的附属功效，正一天一天被游人享用着，并且取之不尽。

任何一个物体都会同它周围的环境产生关联。大雁塔也处在语意关系链条的环节之中。当它投身意义的海洋，就难免会受到强加于它之上的各种关系的支配。

在西安的任意一个报亭，任何一个公共电话旁，和排队等待的人群之中，塔的影子都无处不在。尽管可能与它相距遥远，根本无法再看到它，但塔楼投射出的身影，却时刻都存在，即使在月光之下，而月光自它建成之时起，就与它相伴随。现在更多的时候是灯火和人潮，还有每隔一小时便会响起的音乐声。游人在塔楼的下面来回穿梭，驻足欣赏随着音乐飘向天空的水流，也同时在塔楼的背影中，看见了塔楼。

大雁塔超出了西安人的记忆，与梦的情境直接相通。时间和车流人潮止息之后，塔楼在月光下，才回归到它的自然之美和原始之美上。

进入塔楼的中央，便意味着置身于看不到塔楼的点位之上。一旦迈出它的门楣，同时就还要接受以它为圆心的坐标，向外放射出的尺度所给予的时空划分。这个时候，塔楼是它的倍数，或者说它联结着自身的内部和外部。或者说，它让人对于它，有了一厢情愿的认为。

有一次，我在雁塔北广场，见到一位外表酷似阿拉伯人的中年游客，他仰望塔楼的时候，戴着一副颜色极深的墨镜，一旁的小贩正在向他兜售登塔的路线图。还有一次，则是遇到一对年轻的中国夫妇，背靠背，坐在广场花坛边的长椅上打盹，沐浴着从塔尖上照射下来的日光。

　　有一天，我坐车从塔的旁边经过，想到过一个句子（记不清是谁说过的话）：物是物，人是人。对于大雁塔，和由它在我心中引起的对于西安东南方向方位感的最初记忆，在我个人看来，或许也是自己的自作多情。

　　塔归塔；我还只是我自己。

年味

每逢年关临近，总觉有些忙乱和慌张。街市上人流比往日拥攘了许多，丰庆路一带的批发市场更是车水马龙、人声鼎沸。不知从什么时候开始，遇上年关口迫近，心绪反倒不宁了起来，人们急匆的脚步，让我心里感到怆然。时间于我在这个交结处，愈加变得紧迫。我在生活里身不由己地漂浮。我感到时间与我擦肩而过的强烈感受，使我更加凄惶。我看见自己走在路上，佝偻着腰背，生活的手一再将我拒绝。

随着年岁的增长，对于年节的兴味也比从前寡然了。年节永远属于童年。我记得小时候，曹伯总是在年三十天麻麻黑的时候，送来一只"叮当"和两根镶在麦秆上的老刀糖，摆放在我的枕头旁。曹伯有一手做"叮当"制老刀糖的手艺，除夕上，一年的生意就算做到了头，余下的时间为街坊邻居的小孩赶制些新年的耍货。大年初一醒来，因为有曹伯前一夜送来的东西，新一年的开头就有了欣喜和亮堂。郝旗、晋安和王正的"叮当"，大约在年初三未过，已被吹破了，老刀糖也基本没了踪影。我的"叮当"，在正月十五打灯时还是崭新的。老刀糖我也舍不得吃，通常插在我家过年备用的冻豆腐上，一天舔上几口，这样，从初一到十五的年节里，嘴里天天都是甘甜的。

我们家的孩子多，新年里不可能都添置新衣服，但我妈每年都要为我纳一双新鞋。她让我双脚踩在报纸上，取下我的新鞋样，就开始打糨糊，把旧衣服的袖口、领子和破损的地方剪掉，一层一层贴糊在南墙上，每天还不忘用一只木槌在上面敲打，要来回滚动上好几遍。等到那些"被糊"干透，贴得更加牢实，我妈就从墙上一块一块地将它们揭下来，照着我的鞋样剪裁，在上面蒙一层新白棉粗布，一针一针缝纳。有好几次，半夜里醒来，看见我妈仍在灯下为我纳鞋底，她还不时把手中的针头在自己的头发里磨搓几下，并让我安稳睡觉，告诉我新年定有一双新鞋等着我穿。

我新年的衣服绝大多数是用我大哥的旧衣服翻新的，身量的合称劲，毫厘都不差。有一年穿的蓝褂子，胸前的口袋特别大，布料的颜色也不一致，我穿着丝毫不觉怪气，只是口袋不能装东西。

我穿上用我爸的呢子中山装改制的短大衣，心里很是牛气。有几年，走亲戚时，我妈就给我穿上，回到家又让我脱下，叠起来放在我家的樟木箱子里，怕弄脏。学龄前唯一的一张照片就是穿着那件短呢子大衣照的，也是在新年里，我父亲的一位同学，路过西安，我们全家一同和他去了大芳照相馆，算是一个留念。那张照片我现在还保留着，从中能看到那时我家的生活虽然艰难，但上上下下、里里外外，都被我妈收拾得干净整洁。

我不是爱怀旧的人，但我的生活留下的只有回忆了。往事与我有了割不断的丝缕。我在其中见到的第一个人是我妈。她已辞世多年，而我仍然觉得她还活着。这些年，每当我难受的时候，我便独自搭上长途汽车，到长安杜曲的塬下去看她，在她的坟头坐一个下午。她不说话，我却每次能从中得到安慰。今年的腊月二十七，我们兄弟姐妹几个孩子去看她，这已经成了规约我们几个生命路向的坐标。她领着我们来到这个世上，我们不会让她离我们而去。每一年的起始，我们都要回到她的身旁,再从她身旁重新上路。

我们兄弟姐妹生在普通人家,过的是平常日子,但我妈是个好强的人,生活再艰辛,她都不会松劲,不轻易放弃自己的想法。有好几年,父亲去了农村,她一人带着我们一群孩子生活,老家的亲戚劝她回到乡下去住,她宁死不肯,年节上把屋里上下和我们几个的吃穿打理得井井有条,还要为街道居委会义务工作,帮助巷子里孤寡老人的生活,大半夜还同几个居委会干部巡察治安。尽管那会儿生活平淡简单,有我妈在,年节来临前,我们总还没有失去期待。

我有一顶崭新的军帽,是在我家住过的一位姓孙的大哥哥给的。帽子里的红章子盖得十分清晰而规整,章子的空格处,端端正正写着一个"孙"字。它上面有一种好闻的味道,耐得住闻,味也悠长。平日里,我舍不得戴,也不敢戴。西安那时候街上抢军帽的人多,我只在家里的镜子前戴,在过年的时候戴,在晚上睡觉时戴。也是过年,我妈出门送客人,我戴上那顶军帽,又裹上我妈的头巾,趁着夜色,走在巷子的马路牙子上。我太喜欢那顶军帽了,以致从小就梦想着成为一名军人。这当头,一只手已将我的头巾撕拽掉,一把抢走了我的军帽,黑影儿,在我眼前晃动了几下,便没了踪迹。此后,很长一段时间,我什么都不干,每天都站在院子大门口,看过往的人头上戴的东西。

世事和人生,从那个晚上起在我头脑里有了灰暗的颜色,直到我长大上学,干了工作,凡事遇上了,都认了扛了,躲得远远的,自己疗伤,忧郁的个性愈发突出,不可救药。直到现在,在年关口上,竟然会有莫名的惆怅。

翻过新年,我就四十朝上了,黄土埋过身子半截了,正所谓的不"惑"了,而我时常却在迷惑中。生命于我更像是一种无法言语的东西。我对它的所知,便是我仍然对它有所不知。长久以来,我也像所有的人一样,每天都是日复一日地在工作劳动,并且在劳动中有所期待,而寂寞和孤独更像是我最忠实的朋友,在迂曲漫长的时间回廊里,常跑来照看我,守护我,伴随我的左右。

今天夜空高而又阔。我不知为什么又坐在夜空下独自发呆。世界变得安静下来,安静得让我能听见自己的心跳。我感到身体的温软,内心里也显得十分柔弱。我清楚地触摸到了我的内心对身体的察觉,还有从前年节里发生的事情。它们敏感细微,响动的时候像瓷器一样松酥易碎。我还感到了自己的呼吸,它在身体的表层收放,源于内心的伤痛和回忆。

年味在我看来更多的是蕴涵着盼望,这盼望也只是盼望本身而已,就像我曾经在20世纪末热切盼望着千禧年的到来,就像我小时候盼着过年一样。在期待里,让我也看到周围人们的相继离去,包括我的母亲。时间可以改变一切,而无法更改死亡。我除了怅然,心里总觉得空空荡荡。生命就像击鼓传花,轮到谁,谁就得起身,在多米诺骨牌的效应里,都一个一个倒下,身不由己。

在生命的轮回里,光明与黑暗的象征交错形成的力量关系,支配和操纵着人们的行为,死亡则于终结处守候。我在光明之中所感受到的透明的黑暗,让我在这二十几年里,像一根鸡毛在半空里,飞呀飞,飘呀飘。没有分量,也没有根基,随风蹿升,落在地上也摔不死。

我已经被时间打磨得光亮油滑,气力和心劲于我也变得遥远。大道理不是我这样凡俗的人能讲的。在年关上,只是还没有丢失记忆。那些过往生活之中的小事情,还有一些微暗的热量,让我不致在这北方寒冷的冬季里冻得瑟瑟发抖。那些简朴、单纯的生活所让我明白的事理,我母亲持家的本领,所有这些我还记得的人或事,让我在纷扰的年关口上变得安静,让我觉得以往的日子与我之间的牢靠,让我在新年的第一天推开房门,感到雪后的天气和我忧郁的本性,原本就是生活本身的意味。

一个人的公园

二十世纪六七十年代，每逢"五一"或"十一"这天，我都要随学校组织的队伍，穿上白衬衫，系着红领巾，到兴庆宫公园参加游园联欢。这一天家里会给我带上面包和买冰棍用的零钱，之后的时间更富有意义。

后来从纪录片上得知，北京、上海、杭州等全国的大城市都在搞这样的集体狂欢，举着红旗，牵着彩球，演一些小节目，领导人陪着西哈努克亲王或是宾努首相，还有到访的恩维尔·霍查同志和朝鲜劳动党的成员。

兴庆宫公园于我就像是节日。

我就是在这一片热闹的声浪里去的兴庆宫公园。记不清楚是否看见过宾努首相，但因兴庆湖的池水，至今我对当时园内高音喇叭说的"海内存知己，天涯若比邻"仍记忆犹新，还能唱"长江滚滚向东流，葵花朵朵向阳开"。

那段岁月里，兴庆宫公园呈现出的激情和活力是前所未有的。以后恐怕也不会有。此后，我再也没有看到它被纳入国家的节日和仪式活动的范畴之内。这个与唐朝皇帝的一段风流故事有关的园子，恢复了它的平静。

兴庆宫公园就此在我心里播下了种子，成为我辨认自己出生地的地标。我从前以为兴庆宫公园离我的住地很远，随着年岁的增大，我不这么看了，其中伴随的个人在时间之中因成长而拥有的空间偏差感，也非常有趣。只是现在常从兴庆宫公园的大门经过，自去年又免收了门票，而我像是被什么东西羁绊着，没有自由之身，更没有闲暇进去安静地坐一会儿。

兴庆宫公园有花前月下，有亭台楼阁、湖光山色，西安人在这里谈情说爱也正常不过。我的小舅自小由我母亲抚养着，20世纪60年代参军到青海后回西安探亲，带着他的女朋友（后来我的舅妈），领上我去兴庆宫公园划船。我玩得尽兴，兴庆湖水也美。那个时代恋爱的方式，使得他在二人之外多余地拎着我，为的是回家后向我妈证明他守着当时恋爱的基本规则。如今我的小舅妈已经过世，小舅也退休在家，兴庆宫公园里的那段经历还将留存下去。

工作之后，我去兴庆宫公园的次数变得多了起来，因为同事的朋友在南薰阁做厨师长，三五好友，在湖畔的阁楼上小聚，甚是快慰。见我们到来，崔国兴师傅会亲自掌勺，每次少不了红烧海参、三鲜小荟。海参细腻嫩滑，三鲜淡而别有意味，伴着湖上吹来的习习凉风，就像南薰阁的名字，能叫人迷醉。

我正是那个时候有了闲暇得以在园子各处随便走，对它的了解才算更进一步。人们那会儿似乎将要把兴庆宫公园遗忘了，除了住在附近的长者在园内散步、打拳之外，绝少有其他人涉足，置身其中让人能听见自己的心跳。也就是在这段时间里，我愈发对这座偌大的园子有了亲近感。一座唐皇家园林，它的沧桑今昔均藏在静默之中，拥有的辉煌也在一夜之间灰飞烟灭。在兴庆宫公园更适合对于历史的凭吊，但谁都再也无法回到梦里的唐朝。

兴庆宫公园也同我个人心灵的成长有关。当我独自面对它的时候，我能察觉到我的心灵在经历着它的抚慰，清晨或是黄昏时，这样的感受更为真切，它还像是一位宽厚的长者，在不断靠近我身体的另一侧，接纳我的方式，让我只感到的是气息。

不知阿倍仲麻吕纪念碑是哪一年建起的，周围绿树环抱，静穆、素净，园里的工作人员会定期清理附近的环境，游人多数会在此驻足伫立。这位日本留学生是幸运的，一千多年之后，异国他乡的人们还记得他的名字。

西安是一座与心灵最直接贴近的城市，没有战争纪念碑，也无凯旋门之类的建筑，但有兴庆宫公园。王朝和皇帝的宫殿在它之上早已不复存在，现存的古代建筑，如大雁塔、小雁塔等皆与信仰和心灵有关。碑林之中现存的关于景教传播的石碑，说明了它骨子之内由来已久的气度。

我们是靠自己的切身经历来对一个地方进行自我确认的。相同的经历，一样的地方，感受却因人而异。兴庆宫公园或许有着别样的往昔，那些被载入史册的风雅逸事，在我看来并不重要，当兴庆宫公园被用作公共空间之后，它如何构建更多人群当下具体、真实的生活，这些才是它更需要关注的部分。我到这座故园来，并不是要寻找大殿宫柳，而是它的功能，切合了我身体的切实需要。

关于兴庆宫公园，在我首先是个人对它的记忆，然后才是集体记忆。它让每一位来者都拥有了不同的心情，接纳了他们不同的感受。

兴庆宫公园就掩映在这种宽厚从容的气度之中，它无声地滋养着西安人无法更改的气质与性格，并安静地保存着多少代西安人的个人记忆和经历。生死离别，情爱烦愁，包括普通人的平凡生活，在兴庆宫公园里的价值已弥足珍贵，使它的历史在今天得于辉煌，也让今天的生命一代一代变得长久。

城市是一座迷宫

2003年岁末的西安，空气中流布着肉眼看不见的粉尘和颗粒。在寒冷的气息里走过钟鼓楼广场，冬日天空的调子是灰暗的，但辨别不清灰暗究竟来自何方。同样令人疑惑的还有这一年我们共同经历的瘟疫和目睹的战争。电视镜头现场直播了战争和瘟疫的全过程，而关于战争的真正缘由，却成了真实背后隐藏的谎言。媒体时代所制造的文化景观，正像岁末的天气，在透明之中潜藏着黑暗。透明的黑暗，是更加开放的媒体时代的又一文化奇观。它让睁大的眼睛，在透明、可见中失明；让敏感的神经，在感知中变得麻木不清。

穿过一座座工地和不断开挖的道路，可以看见，城市的楼群，在一天天长高。它在外表上正在向纽约或东京看齐。难道城市的发展，就一定要以楼房的增高作为表征？难道现代化，仅仅是一个在经济上赶超西方发达国家的竞赛过程？

道路在拓宽之后，再次变得拥塞。空气中散发着挥之不去的汽车尾气味。我们曾经津津乐道的围绕长安的"八水"，被污染或干涸、断流。站在这个不土不洋、不新不旧、不中不西的人造风景里，我已经没有了生命的痛感，只觉得变幻如影随形，一切都躁动不安。

车流的惯性和节奏，总是推着人漫无目的地游走。无论你坐着，还是躺下，都有被裹挟、夹带、牵引、卷入的感受。瞬间的生死明灭，持续不断的离合流动。什么才是奥威尔所说的"鲸鱼的内外"？城市其小无内，其大无外。

商业的街景在浮华的掩映下，抹不去消费欲火的过度张扬。城市每天都在篡改着个人的生活。它形成的万花筒，色彩斑斓，耀眼夺目，又充满险恶，暗藏杀机。表面的复杂难掩商业繁荣背后结构性的单一化。复杂的单一性，是商业时代的抽象图影。再繁复错综的关系，都能够通过消费化合约维系；所有制造出来的东西，都可以经由消费的管道排泄遗尽。一切皆可成为商品，被用作交换，包括身体、性、思想和信仰。你有多种多样的选择，而所有的选择都可划归成消费性的选择；你充分享有着尽可能多的权力，但最终无一不是受消费支配的权力。生活正在消费中安乐地死去。

城市如今愈来愈像是一座迷宫。它的建制、路径、界限和坐标，并不提供真正意义上的穿越。置身其中，便意味着迷失。城市同时还迷失在自己的追寻里。因为，它不仅仅是空间之中有形的建构，它还是一种无形的思想，是一种有效的统治。

宗奇先生

我是在40岁之后与宗奇先生相识的，之前，自己的个人生活与人生经历，也大都处在紧张、匆忙的状态，没有留下能够令人欣喜的东西。或许是由于年纪轻的缘故，再加上自己的愚拙，对于生活的理解自然会有些偏颇，与己与人都有着见识上的盲点。四十不惑，对于我显然是套用不上的，如果说在这个年岁上还有一些感触，便是觉着自己先前只一味看重书本上的东西，还不懂得读生活这本书，不明白其中的变化隐含的道理。正是在这个人生的节点上，我遇见了宗奇先生。

比起一般人，我的性格属于内向的、忧郁的，遇上不顺心的事情，常常独自一人默然承受，心中的郁结不能一时间化解掉，使自己的精神情绪常处在灰暗的色调之中。自从认识宗奇先生后，孤独的时候，便不自觉地会想到他：背着手，弯着腰，安静地在月光下走路，带着他的和善与朗静，以及一个从乡下来的人的厚道与本分。他为人处事宽展的劲儿，常能流入人的心怀，就像手掌所带给人的呵护一样自然。我的心也因为对他的所想，会舒坦起来，无形中对他的感觉，成为我孤单时的依靠。有意思的是，大约十年了，我没有对他说起过内心里的上述想法，他或许也不曾察觉到。

他的一位朋友，多年前为了绘画只身来到西安，居无定所，流离漂泊，生活上遇到了不少的困难。他从旁帮扶着，在年节的关口上，送去一些钱物和所需，不吭声就离开了。为了能使那位朋友生活安稳，他暗自跑了三年多的路，求助方方面面，终于为朋友拿到了西安的户口，他把户口本塞到朋友掌心，习惯地憨憨一笑，转身就走了。待到朋友反应过来，已经没有了他的踪迹，而他的那位朋友已经哭成了一个泪人儿。

宗奇先生有着极高的文字修养，正是因为文字让我们结上了善缘。作为一名文字爱好者，在当今是很难拒绝一些诱惑的。写作行为有时会使作者自我膨胀，包括我自己在内，都难拒被"神"化和被"英雄"化的蛊惑，时常会觉得自己了不起，也乐于表现自己如何不同凡响，目空一切，恃才自傲。而宗奇先生给人的印象却不是这样的，他能够平静而从容地与自己的文字相遇，并且清醒地享受这样的经历，不渴求别人的注意，只在更深入地向自身返回的途径中，获得前行的方向。"回避众人所赞扬的一切以及幸运送来的礼物"。文字写作，在他手里，进一步敞开了平凡事物的光亮。这光亮使普通人所有的精神力量不再为任何东西所感动，他把身体之中所具有的朴素、单纯的品质，带入文字的美中，这种美还包含着对于他人的尊重。在我认识的文字写作者当中，具有这样写作情怀的人，并不多。宗奇先生身上和文字中这些暖人的东西，时常会在暗夜里把我的眼睛照亮。与我同时代的一些人，身上多少都有程度不同的"英雄"情结，这也体现在我的文字当中。宗奇先生让我明白了世间还有另一条平凡的道路，它实在地与我们细小的日常生活相系，尊重、敬畏并且诚实地对待我们所遇到的这些细小、个别的事情，持续不断地守护平常带给人们的东西，如此长久形成的过程，同样能够展现生命的另一种可能。

我一直以为，文字写作同做人是有联系的，因为对于作者来讲，他的立场和态度直接决定着文字的走向，也是作者作为个人在生活中得以确立自身的立足点。宗奇先生作文做事是有标准的，但他的要求只针对自己，从不拿来诉诸别人。人在基本的方面有大致相同的地方，文章也是如此。除此之外，写作者还要面对自己的人生和自己的文字。这其中的区别和差异，可以拿出来与人交流，但不应当强迫别人去接受。宗奇先生写过许多使人清醒的文字，这种清醒在于：既警觉地意识到自己所写的文字本身就具有的强迫性，又试图在写作中将它们克服。文学在今天也是一个名利场，借此实现非文学的图谋，已成了司空见惯的事。宗奇先生把自己的文学生活尽量地放置在了文学的范畴以内，为文所带来的乐趣也只限于文字本身。在他看来，之所以还有写的必须，也正是因为在与文字相遇和经历的过程中，还有一扇开启的门，由此存在着重塑自己生命美的另一种可能。这种可能，必将超乎我们所知的对于人的定义。

宗奇先生出生于合阳的农村，18岁离家独立谋生，老家的事情长年靠弟妹承担着。有一年冬天，他的父亲去世，我们几个人连夜赶去看慰，宗奇先生当时的心情是可想而知的，我们几个为老人行跪礼的时候，宗奇先生一身孝服，满脸泪痕，他在陪着行完礼起身的时候，眼中泛出了一些光亮，我觉得这个倔硬的秦人，在任何困难面前，都是不会低头的。

50岁之后，宗奇先生逐渐有了更多的个人爱好，除了一直坚持的写作之外，又喜欢上了书法和中国画，之后又搞起了摄影。但凡他热爱的事情，也很快就能入痴入迷。记得是三年前的冬天，我们一同去陕北的壶口。凌晨4点钟，他便起身，带着摄影器材去拍壶口，当时室外的气温有零下10多度，等我醒过来，他已完成拍摄，冻得在房当中直跺脚，浑身被霜雾包裹着，但却是一脸的乐呵。

他生活的重心和为文的指向一直都是向下的，脚板平实地踏在要走的路上，不去想有朝一日要从地面上飞起来，只带着自己对于人生抱有的心劲儿，一路不停地走着。也正因为如此，他能够辨认出支撑生活得以继续的那些持久的东西，并且能够领受这些东西本身带给自己的启示和活力。他把自己迎接孙女降生比作"格格驾到"，并且，风趣地告诉朋友：谁想要孙子，谁就得当孙子。这当中，有他成为长辈以后，真正感到过的快乐。

宗奇先生凭自己的努力有了现在的职位。既没有见他得意过，也不曾见他因此而为自己谋过方便。他依然像一个普通的农民，实实在在地工作和生活。他是个知福的人，懂得祸福相连的道理，一直不敢让自己大意。身在福中不知福，或许对一些人来说还不要紧，但身在祸中不知祸就要命了。看看今天身边的那些人，同宗奇先生相比，他们根本就不知道人的祸福究竟藏在哪里。

这些年来，宗奇先生每写完一篇东西总喜欢在电话里读给我，读完会听听我的看法。有时候是两句诗，有时候是一篇长散文。我能够感到电话另一端，他的期待与认真的劲儿。有时候，这样的电话，一天要接三次，不论白天和晚上。回想起来，这样对文字痴心的热爱，早已在我的身上荡然无存了。我总觉得这位长我10岁的兄长，其实比我要年轻许多。此后，我也把他的电话，当成了对我自己的催促与鼓励。我尽量不再偷懒，也不敢放弃自己对文字的爱好了。

今天的生活变化之快，已超出人们的想象。与过去相比，新的东西不断涌现，在人们尚未反应过来之时，就已经离去。走在西安的街头，车流与人潮熙来攘往，常使我变得迷惘。如何克服自己精神当中挥之不去的焦虑，至今我也未寻到答案，宗奇先生也不曾为我解答过，只是与他的交往，让我想到了那桩佛教公案：师傅将弟子的头摁入水中，欲知真谛何为，皆在窒息之中。

宗奇先生是那种让人想起来，都会给予人帮助的人。在我的生活中，见识过不少的人，在与人交往方面，确实还没有什么心得。同宗奇先生近10年的过从，都是处在平淡当中，但我们心里彼此有对方。对我来讲，与他的友情没有负担。他是那种把自己的所有拿出来给了别人之后不知道求回报的人，我们不是在彼此相求的基础上交往的。他给过我一幅自己画的画，是一架没有肉的鱼骨，我每每拿出来看，就像见了他本人一样，有滋有味。

青郊记

我在丙戌三月里得了一场小病，静养于家中多日，暂时逃脱了生活的庸碌，反有些闲极无聊。算起来，工作已有20多年，在身体的奔波中和心的劳顿里精神始终不能松弛下来，而这一刻的清闲使我倒有些不自在，忙碌的生活节律已铭刻内化成我身体里不可更改的生理规律。

西安的郊野这时间已充满生机。有位画家朋友相邀，随他一同出去写生，在青郊里走走，吸纳些生气，于身体会有裨益。

为祖宗祭扫墓陵也正是此时要做的事情，顺道在郊外踏青，带回些白蒿、香椿、荠菜、小葱，也是西安人开年之后对新时节的一种领受。我们家并非世居西安，打理此类慰祖安灵的事务是与西安的郊野无关的。我记得小时候母亲在此时也要带我出去走，到曲江的寒窑，或神禾塬上的常宁宫，还去过东郊的八仙庵，吹吹田地上的风，呼吸郊外新鲜的气息，散散身体里在冬天沉积的郁气。这些事情都是每年要做的，像时节本身的变换一样自然而然。但是，要不是年里所生的这场病，我怕是没有这样的福分，更不可能与朋友同往，漫无目的地在秦岭北麓的环山公路上游走了。这些年我的个人生活在变，可我无法说出究竟。

一大早入北院门，在大皮院坊上的回民摊吃过胡辣汤，从竹笆市一路出了南城门，街道上的洒水车刚刚驶过，弥漫的水汽让我打了几个寒战，然后，我们就朝着沣峪口的方向行走。午后，歇于圭峰山下的一个小村子，心里觉得舒坦了许多，也忘了自己的小病尚未除去。圭峰在眼前，似有"山从人面起，云旁马头生"的感触。

朋友每到一处忙着画他的速写，我却四处随心游荡。遇一庙院，知道是鸠摩罗什译经的地方，便在山门的过廊里，坐在蒲团上歇息。熏风扑面，甚是迷醉。

这么多年里，我在生活中的想法和需要已经不多，保持内心的宁静和精神情绪的安妥，一直都是不敢放弃的。面对每一个具体的事情，一言一行、点点滴滴的累积，似乎就可以拥有一个理想的过程，让静虚瞬间充满其间。我为此也常常试着通过文字写作来填补生命里被时间洞穿的空间。

鸠摩罗什当年或许也有过同样的想法。他还有信仰，有他要登达的堤岸，他要借着译经这只船去前往对岸。我的所有只剩下空无，就像浮在海面之上不断散去，又必须返回保卫的空中楼阁。

心绪的清净安宁也是一种精神的向背。我没有踏进那座庙堂去求神拜佛，有所想往足矣。远处的圭峰山在黄昏的雾霭里隐去峰顶，朋友已经站立于近处的田垄上朝我挥手。我不知道自己是否可以同心想的安宁悄然重合。这也是我要向青郊和自己随后的行为发出的疑问。

朗月

我随朋友去终南山上的寺院已是10多年前的事了。先前关于佛经禅语，也零散地读过一点，联想到生活里的际遇，实在是不敢言。但我身体里还有一个安宁的场所，时常能感觉到它的存在，还清楚地在其间望见过一轮朗月。

朝向山顶的路婉转曲折，约莫需要40多分钟，才能爬上顶端。寺院就建在峰巅。如果我没有记错的话，应当是在旧历三月初一或十五的时间里，庙院里已来了很多人，以中老年者居多，有中年妇女在像是厨房的地方，里外忙活，烧火……蒸馍、洗菜、淘米，非常用心且有序。见过寺庙的主持后，我便在周围附近的地方随便游走。又有许多人赶来朝香，还携着蔬果等大包小包的东西。几位小脚老妇，正在大殿檐沿的台阶上聊天，似乎没有丝毫的倦意，在安心地等待着晌午庙院里的那顿素斋。

终南山确实是一处胜境。松树的枝头已生出新的针叶，山桃在更深的丛林中映红，空气清新得仿佛能够入脑入髓。我许久没有这么舒心畅神过，未曾想过此处竟会有如此的一番气象。

我估摸着眼前的一切也许就是听说当中的庙会吧，果真如此的话，却少了些许的热闹。信众里更鲜见年轻人的模样，也不像是要有些具体实在的索求，倒像是熟人间的相聚一般。

  斋饭是粗钵里盛着的苞米煮面条，没有调加任何佐料，只是玉米和麦子的香气。每一位僧俗在用完斋饭之后，拿一块馒头将钵碗擦拭得干干净净，将筷子整齐地摆放好，就离席轮到下一拨人。主持吃饭时正好坐我对面，他安静地用完后，就起身到别处去了。

  我在众人中间又像是外来者。庙宇也许是为心灵所盖的另一处家园，有了这样的居所，身体的家与它之间便有了一段的路程。苦难和无名的灾祸，驱离着人们在这条路上不停奔波。庙宇或许是能够歇息的处所，但我的内心更荒僻，也更寂寞。

  到终南山的朝访确又是具体的经历。我对佛陀的敬重，源于我心里已无祈求。庙宇的构型就是一种心灵安妥的空间布置，每个人从中间穿过，都会有感受和持续的欢愉。

  这么多年来，我仍然不知道自己的心灵终将要朝向哪里。我敏感的神经之所以更愿意潜入简单的安宁中，是因为安宁之中还有对我的一种激发，就像现在头顶的朗月，与10年前在终南山的所见一样：哪个更远，更近？哪个更明，更亮？

戏痴

牛蛋他爸站在南城门楼子上，手叉着后腰，放嗓子狂吼一声秦腔，身背子后仰，直唱得腰弯脸面着膝盖，胸气喷尽，然后，哼呀嘿呀，一路掂着碎步，背过双手，豪气万丈地下了城墙，回家吃饭去咧。秦腔就是这样把牛蛋他爸给毁了。这老一辈儿痴戏、迷戏，入进去死活不出来。老人耍的是秦腔里的黑头"努大净"，又喜好"滚板"散拍子，夹唱夹白，如泣如诉，激情悲伤，合了他粗粝凝重、刚烈凶悍的性子。前些年，老汉还在老西安城里拉架子车，做脚夫，三九寒天里，起大早，打开房门，满庭的落雪，满树的银花，一时欢喜嘴里便念叨着："老天爷照管着咱呢，又给命穷的人送银子来咧。狗日的，都给我快起。"遂又把披在光脊梁上的粗黑棉袄穿好，用麻绳扎紧，从肩上取下裹布，手伸进交裆里揣了两揣，把大裆棉裤在肚子底下叠好，再拿裹布缠紧，打上板带，一曲"紧打慢唱"，有板无眼的"带板"唱白，也已唱毕：怀里揣上两个苞谷面窝窝头，舀一瓢凉水润嗓喉，院墙外的马路上，已能听见"刘彦昌哭得两泪"，这时谁能知道，老汉踏腿上路，一路小跑着哩。

牛蛋起初一直觉得他爸很"牛"：戏唱得乖乖，身体魁，没人敢惹。

后来，牛蛋大啦，在街巷的面子上有走动啦，整天还看见他爸呼呼哈哈地瞎唱，见人一律全是戏文里的念白，牛蛋直觉着脸上挂不住，躲着他爸走路，闪着身子藏埋。旁人看出牛蛋的心思，总爱拿牛蛋他爸开涮牛蛋：

"牛蛋，你爸那人嫽扎咧：整天价在戏文里头活呢。美丝丝的，麻滋滋的。"

"嫽个球，都成了瓜瓜子咧。双手攥的是空拳头子，美儿麻儿个熊呢。"牛蛋回过话，狠狠地朝嘴里咂摸一口叼着的烟卷，溜着墙根子往回走。

听巷子里老辈人讲，旧社会里牛蛋他爸是西安城南有名的车把式，鞭梢子的功夫了得，叭叭甩出的声响脆，牲口驯服。人又牢靠，体强身健，又不抽、不嫖、不赌，货主家把东西交给他远送放心。南山口到南门口，别人两天一趟，他一天打一个来回。货路足，钱上头不缺，又娶了牛蛋他妈。老汉唯一的爱好就是泡戏园子。尚友社、三义社、易俗社，没有他不去的。在戏园子里红膛挂彩地听戏，毕了后昂首挺胸地走路。中华人民共和国成立后，西安赶车的行当凋敝，口袋里不宽展，日子紧，老汉逛戏院的回数就少多了，但对戏的痴迷却照旧，自娱自乐也都得唱，高兴时用欢声，积郁时使哭腔。牛蛋他哥结婚，还邀来秦剧团的好友唱了一曲《柜中缘》。

"文革"时期，旧戏被禁演，取而代之的是被秦腔移植过来的八个样板戏。那时候，牛蛋他爸精神头还好，起初对戏台上的变化有些想不通，随后就不吭声了，身上的装扮全换咧，上下里外，清一色的李玉和，架子车辕头上挂搭着一盏马灯，一只铝制的饭盒，嘴头上常溜的一句是"狱警传，似狼嚎，我迈步"。为了更像李玉和，那阵子，牛蛋他爸爱走夜路，腰胯骨下点亮的马灯让他心里舒坦，二半夜回到巷子里，在路灯杆子底下让车停稳，从车辕上取下马灯，用右手举过头顶，左手则是提着那只饭盒子，身体架摆出戏台上亮相的姿势，然后自己把自己再打量一番，一会把左脚挪向前,把右脚朝向后;一会儿干脆迈出一个八字步。末了,给自己叫上几声好,把东西摆回原位,才肯进他家的院门。

旧社会使得老西安城聚拢了不少耍家和溜光捶,到了"文革"之前,这些人多数还活着。有清朝留给西安的旗人,曾经吃着世袭的官俸,提袍摔袖地在热闹处扎势、游走,关键时,从袖筒里还放出一只老鼠大小的袖狗;也有耍刀练拳的把式,冒泡逛窑子、游手好闲、坐吃山空的败家子。这些人在中华人民共和国成立以后的身份全变了,钉鞋补锅,理发修脚,全都操起了吃饭的营生。牛蛋他爸没太变,以前赶车,后来拉车,都跟车结缘,除此之外,一直都喜好着秦腔。那一帮子耍家,虽说身份变了,闲打浪的根性不改,今儿在公鸡翅膀下抽一管子血打给自己,明儿个养一罐头瓶子红茶菌补身子,后天捉来一只鹩鸽,放在笼中听响。他们有的也迷秦腔、泡戏园子,但多数为了消遣,让空虚和无聊在其中躲藏与歇脚。牛蛋他爸则不同,老汉在路上整天跑着辛苦,心里头痒痒,总是想唱,唱罢便神清气爽。

俺巷子曾住过秦剧团的一个老旦,"文革"时候已成了病秧子,整天躺在床上咳。牛蛋他爸以前听过他的戏,遂见天跑过去服侍,背着老旦到太阳地里晒暖,拉着自己的车,三天两头送老旦去医院看病。那会儿常能见到牛蛋他爸围在人家老旦座下,听老旦拉呱戏园子的事情。

牛蛋他爸的手上,栽立着无数个小刀片子,他使劲握一把我的手,我会痛得在地上跺脚。牛蛋他爸的脚板像鸭掌,由脚跟子处朝前伸张开着。从雪地走过,身子轻盈,脚步向外偏斜,两行笔直的轮辙碾瓷实马路上的落雪,轮胎的条纹,甩出无数个雪条出来,堆在路当中。我便知道,牛蛋他爸一大早就从这里经过了。

秦腔就是大锣大鼓,高喉咙大嗓子,是憨笨的秦人倔头子性情的念叫。天寒咧,哼哼唧唧一曲子暖暖身子;暑夏里放一嗓子凉爽心境。世上的事情随时间在变。老辈子人常说,新社会里,窑院子门封咧,设局摆赌的也不见了踪影。的确如此。秦腔自秦汉以来有了"乱弹"和"桄桄子"的俗名，已两千多年。旗人入关后，推崇昆曲，喜好雅部而鄙视秦腔，秦腔就已经开始衰落了。到如今，西安城中的秦剧团都已解散，演员角儿七零八落，在各个茶社之间跑堂会，糊口混饭。

我更加熟悉亲近牛蛋他爸的时候，老汉腰背都蹋火咧，耷拉着一条腿。社会的发展，都兴一个潮流，隔三岔五地来个时尚。人活一世，有个喜好，弄出些荒唐，也属正常。牛蛋他爸，一辈下苦卖力，不偷不抢，没有什么歪歪子嗜好，只爱唱两句秦腔，有什么不好。老汉在戏里活着、乐着、痴迷着，谁也没妨害。送走了牛蛋他妈。又二年，在秦腔江河日下的时候，唱罢一曲《游龟山》，便倒头西归。

老汉活得简净，没有拖累儿女，也还高寿。死的时候也有七十了吧，至少过了六十五岁。

苦夏

我时常是在挨过难耐的酷热之后，又渐渐对那种真切的感受趋于淡然了。关于夏天，最终都成为时间的记忆。我先前遇上有些事情还算自信，如今的底气愈显不足了。西安的夏天在我看来是有的说的，确有不同：来得早，去得晚；既带着北方的干燥，遇雨又逃不过南方的燠热。苦楚大约是属于西安夏日的。在兰州凉爽的熙风里，我曾经这么想过。

去年有40多天未见丝雨，今年陆续落过一段日子的夜雨，白天的烈日照样火辣。去秦岭蛟峪口访友，见他们多在"雨休"。

我从来不相信有什么法子能使人从遇到的事情里躲过。夏天也像一年里的其他季节，无论如何都得要去经受。

多年前，朋友得了渴症，腿肚子瘙痒，在夏天里极其难过，不停地要喝水，人也不断地在消瘦，去城西老中医那里求得一偏方，用野苦瓜干泡水喝，能消渴降糖，调节身体的平衡。此法不能完全奏效，又不得不这么做，夏日里朋友便多了一味苦涩，没办法消弭。

想到朋友的情形，于不觉中就有了夏日的一丝苦味。

到终南山里走走，此时大约是合适不过的了，包括城边附近几个熟悉的地方，能图得些心根的清净。去年我还去过净业寺，顺道到过草堂寺。

消暑度夏，躲在空调凉房中似乎便可以了，却还有除不去的闷热。心不静便不得法。过去老人们多在城门洞里乘凉，通堂的风，只是一个爽，暑热便自然散尽。

夏日的苦楚还是属于我自己的。我身子胖，睡眠又不好，对苦夏滋味的感受不见得比那位患渴症的朋友要少。心浮气躁，也是常有的事。

3年前我学着在午夜里提气打坐，随后睡眠的事稍好了一些，但西安的夏天还是令我惧怕的。

此心安处是吾乡。生命的过程倘若是遗落与找寻悖谬的重合，我在其中感到的则是更多的失落。这些年里，我总想着能够让自己的心神在身体里摆放得安妥，我发现祈求别人或逃避自己，都不是解脱的途径。经历教会了我在生活里守候。

今年入夏后的一个晚上，我将自己的感悟说给了我的那位朋友。他告诉我：他也总是觉着不停地在走，又不停地在迷失。只有他身体里的病，像狗一样叫着，而他又没法弄懂。

朋友究竟在暗喻什么？与西安的夏天有没有关系？

半坡遗梦

遗址考古的目的是为了发现。考古学的分类方法、对现场清理发掘的注重以及放射性断代技术的应用，都是为了对发现实施谱系化的步骤和方法。近些年，考古发现的目的越来越多样化，对考古的期待也像是对消费的期待一样，成了永远填不满的无底洞。考古发现被拿出来展示的东西，不外乎是一些质地、工艺、规制的性价比。这是一种奢华的倾向和物质的崇拜，具有我们身处的这个时代的明显特征。

在这样的语境里，半坡的沉落是可想而知的。作为新石器时代仰韶文化母系氏族典型的聚落，被考古界称为仰韶文化的半坡类型，实际包括了半坡和姜寨两个遗址。所出土的器物主要是生产工具、生活用具和艺术品，建筑和设施多为房屋和窑穴、陶窑、墓葬；器物除了取自天然的石、骨之外，最具代表性的便是陶器，以粗质和细泥的红色、红褐色陶为主，粗砂者居多。

可以用单纯来描述半坡的一切。陶罐、小口尖底瓶、钵、盆、碗和甑的器表，只是绳、线、指甲、弦的纹型。色彩也是单一的，是陶本身的红褐和天然的墨黑线描。圆钵口沿的宽带纹上，刻画有二十二种不同的符号，就像是呼吸自然沉落在上面，不着丝毫的痕迹，它们被认为是中国古代文字的渊源之一，其后东方伟大的杰作概源于此。

惊人的东西无比单纯。半坡的彩纹只有人面、动物、植物等象性花纹和三角形、圆点组成的几何图案，它们是形式最基本的元素。就连环、璜、珠、坠，以及耳饰、发饰、镶嵌饰，都是石、骨、陶、蚌磨制而成的。用来鞣制兽皮的工具，是一种制成颗粒状麻面的陶锉。尖底瓶印证出了重心原理。瓶子只要一接触水面就会自动倾斜，灌满水后又因为中心移动而自然竖起。这些器物是心和体温的结晶，由大地的元素——泥土制成，而不是技术、工艺和机巧堆砌成的块垒。知识技术的缺位，丝毫不影响和减损价值的含量。风吹过粗砂的陶罐嗡嗡有声。这是制陶人的响应。心灵和体温在这里需要的是对心灵和体温的挽留、回应。

彩陶上描绘最多的动物是奔走的鹿、爬行的鼋、伫立的鸟和浅翔的鱼，均是劳动中的所见。平展的侧面形象，直线造型，比例准确，形象写实。人面纹是一种特例。有两种鱼与人面的奇特结合：一为寓鱼于人面的复合形象，人面的嘴，两旁对称，各衔一鱼，人嘴外轮廓与鱼头构成共鱼形；另一为人面寓于鱼的复合形象，鱼纹头圆框中植入适合的人面图像。所谓的"高级"造型艺术，现如今也莫过如此。

在半坡绘画中，看不到标榜与卖弄。内心的反映是什么，便是什么；感受是什么，就是什么。这种鱼人结合的形象，是人和自然有灵之物的相互寄寓和转借，是与自然的交融。被人格化的鱼类图像和各式鱼类图纹是半坡先民的图腾，是氏族的保护神，是惧怕、担忧和敬畏。这些也许就是写意和抒发吧！竟然可以来得如此厚道和平易近人，足以让艺术的洋奴心态无地自容。

半坡绘画，最初并不是被当作艺术品创作出来的，它们只是劳动中的感受和劳作者的想法，是一种自然状态必然形成的结果，不是人为的有意制作。艺术根本不是通过学习就能够得来的。艺术是天性，是身体自身固有的授予。学习可以积蓄，可以启示和萌发、擦亮艺术的天性，但不是天性本身，不可替代天性。在半坡，这天性不是什么高深的学问、尊贵的智性，这天性是人人皆有的厚道本身，是平易亲近的感觉。在半坡，有可能人人都是艺术家，都是知识分子，前提是你要愿意，并且持续不断地去做。

　　半坡人把死去的婴孩埋放在居住的房子附近。大人们把婴孩的尸体放在大陶瓮或罐里，上面盖着陶钵或陶盆，并在当中凿个小洞，供孩子的亡灵进出，便于回到家里。较大的孩子则用两个陶瓮对接起来埋放，表示父母对孩子的眷恋之情。尽管自然条件恶劣、生活艰苦，但半坡人是乐生的。有了陶泥做成的甬道，死亡就不再是一道界线，灵魂可以在其间自由出进。

　　没有黄金的材质，没有等级，也不见欲望。半坡只有遗梦。也只有梦，才能让身体和心灵安睡。

秋天里的秋天

戊子年的秋天也是在没有察觉中就来到了身边。我无法说清眼前的这个秋天与从前的有什么不同。西安的四季分明，不像昆明一年里只有春天。西安周围的天时规律变化与中国的节气和农时极为相符，但真正感到秋意的阴凉，并不在立秋那天，而是要等到国庆节过后。

我对节气感知的能力已经变得很弱了。生活在钢筋水泥的丛林里，又没有必要赶农时，自然这方面的敏感就会丢失，但每年的秋天还是要过的。

秋天究竟从何而来是无法看见的，单凭日历更是如此，因为阳历八月的天气，在西安仍然地火热。这之后才会有一场接一场的雨，空气里的燥热便渐渐褪去。我小时候对秋天的确认是看西安南城外树林里的老柿树，枝头的柿果红透了，我感知中的秋天就到了。

昨天晚上的雨断断续续下了一夜，午后放晴了一阵子，黄昏前又接着嘀嗒，到午夜临睡时已能感觉出凉意。

老一辈人对季节的变化更为敏感，而我现在往往是身在其中却手足无措。我记得母亲在秋天的太阳下晒过的被褥，在夜晚里还保留着十足的温暖，阳光的味道在其间清晰可嗅，像是从灵魂里弥散出来的，让人无法言喻,伴着微暗焦灼的清香,是秋天作为秋天所特有的那种气息。我一直把对于秋天的记忆与我心中所想的健康联想在一起。那种源自光的温热,被用另一种方式传递和保存,然后经过人的体液传遍全身,像是在有意告诉生活中的人们,该如何懂得珍惜。

从前在一年之中,人们清楚应该为时节的到来做好准备,而现在这已是久违的想法和记忆了。人们无形中丢失了这种能力,与天地自然越来越疏离,年复一年的奔忙,却绝少是为了赶赴季节变化的邀约,更多是因为欲望,被本不属于人固有的东西所不断驱离。时节的最终来临会使人们为之所进行的劳作回归平静。内敛、平淡、安静的生活本身就是一种尊严。而欲望往往激发的是心绪永无休止的不宁。两者的区别显见,到了秋天结果也更为不同。

树叶渐黄,风声更利,楼下扫街的老人这时候常会念叨:"扫完落叶又该扫炮皮了。"在秋天里,我从未感到过时间像车轮,在我看来它更像环环相接的圆廓,不断向着世界的深处延伸,一直朝向我身体的内里。而我未有察觉,就已全然身不由己。

还是在多年前的秋天里,我独自去户县公干,归途中顺道去了净业寺。已是深秋时节,庙院中显得有些空落,只有经霜后的枫叶如雨而下,地上落满了橡果。方丈在禅房外的角亭中打坐,待用完茶之后我们就静对着寺里的秋天,没有谁愿意开口说话,直到黄昏降临。

在下山的路上,方丈对我说起熬雕的事情:接连大约七天,必须面对凶猛的雕静坐,考验各自的韧性和耐力;这之后雕才顺服进食,成为人的朋友。说话的当头,我们已经出了山门,头顶上空有两只老雕,一只小雕围绕着我们盘旋。

我一直记着方丈的这番话,时常在脑子想他说的事情,也许是因为自己的悟性,终觉得还无法理解他的全部用意。

自然中的有一些东西只属于季节,就像人在年轻时候的那些想法。

一个人的内心远比外表所看见的还要真实许多，而我自己也正处在人生秋天的年纪，想法已经不多，也不再惧怕内心一天一天变得更空寂。人生有时就像季节一样，所不同的是，时间是从身体里经过的。该来的会来，该去的都去了。

我在秋天里想象过另一个秋天。在另一个秋天里仍然有所期待。这之后，我好像是看见了我的命运之船，正处在茫茫的大海之中。秋天并不是码头，对于它的想象，根本与它本身无关。那是我自身的一厢情愿与多情。秋天在我眼前一晃就过去了。

我自己总像是站在时间的路口，与秋天相遇，然后再在道路上同它汇合，一同去追赶仍然无法预知的未来。一年重温着另一年的记忆。秋天紧邻着四季的末端，一旦走到季节的尽头，便会发现自己原本的期待，其实根本就一无所有。而我还必须等待，就像在岁月之中的守候，告诉自己秋天过后还有另一个秋天。

这其中让我知道：或许快乐本身有它特殊的含义，不只是笑脸和幻觉中的慰藉，还包括走向它的过程中的艰辛与焦虑。与人生擦肩而过的经历，并不像所想的那样会转瞬即逝。它们都存在着，并且在不经意间又会重现灵光。尽管我们有可能对最初和最后的事物仍然一无所知，但我们在季节中获得了诚实如一的坚守。

秋天之中孕育着另一个秋天，也包含着我的好奇、期待与希望。但我现在已经不相信承诺和应许，更不需要天赐的良机和自身之外的给予。我知道人最终面对的仍将是自己。住在自己的身体里，感受时间的冷暖更踏实。

我的内心远比这个秋天呈现的悲凉还要空寂。这又有什么意义呢。就像树叶的剔落，何止一次一次又再一次。更深的耻辱不在耻辱本身，而在于明知其有却无力防范与阻止。被日复一日的节律所造成的机械、呆板的惯性支配，感到有些东西愈加变得不可更改。

我所惧怕的并不是无力自拔的感觉和眼下世事对视觉造成的炫惑；我惧怕的是这秋日的高朗，和这其中变得更加透明又道貌岸然的东西。它们遮蔽了阴影和黑暗，与黑暗同质同构。

　　在透明的黑暗里，一切都可以被看见，又成了新的视野的盲点。萎缩其中，我的身体软弱、骨骼松脆，像石膏，只要轻微地抚弄，就会断裂成块垒。

　　我看见了面具后边的面具，还戴着面具，不是别的，正是我自己。

　　解释自己的人生境遇与这个秋天之间的关联，寻找词语同它们的相似性，只是文字游戏。用来解释被解释的东西，早已被解释殆尽。秋天在这中间像是一把铁椅，等待人来不断地落座加冕。从哪一点上它导出了自身的同一性，不再执意地等待确认从前、现在和未来对于自身的解码。

　　在秋天和人生呈现的东西中，尚有表达无法加以编码的东西。只是在我或许已经看见，却仍然无法能够说出。我之所以还要写，也只是为了抵抗自身的毁灭。

若隐若现的花

　　陌生的送花人在窗外若隐若现，像这座城市边缘黄昏时微暗的灯光。陌生人敲开邻居的门，送上一束鲜花和一张贺卡。花曾经与生活中某些重要的事情紧密相连，而陌生的送花人注定要在城市的街道上消失，与另一些人擦肩而过。

　　因为送花的陌生人，今天这个日子显得格外冗长，它朝以往的一些日子延伸而去，与曾经有过的另一些日子汇合，又不断地返回到现在。花真的非常重要吗？它甚至可以被忘记，连同它曾经拥有的日子，就像逝去的陌生的送花人，有朝一日站在你的面前，也无法让你辨别清楚。重要的是花与花在时间之中的彼此亲近，它会使本不相干的许多日子骤然间联系在一起。重要的是"花"这个词，都是现在和过去某个瞬间曾经提及和想到的，它在词的中间孤零零的，在被挑拣出来之后，似乎才有了生命。

　　我无法说出自己作为一个幼童处在智性未开的蒙眬状态中，花儿怎样第一次出现在眼前，以及当时我所有的感受。花儿为什么代表吉祥、快乐和幸福的祈愿？从什么时候开始，它成了人们心目中现在这个样子？它为什么不与仇恨、敌视的心理情绪相互联系在一起呢？为什么看见花内心便有一种异样的感觉，而不同于看见别的什么？我此时此刻对花的陈述是在什么样的基础上进行和完成的，是把花当作了花，还是在所有关于花的约定之中，重新展示了花的陈述与言说。你提及花，是不是在某个语言、观念和物质单位的拐杖扶持之下，在清晰、明了的状态之中进入花的外表和里层。

这些柔弱的物质，生着奇特的颜色，它们在晨光里的样儿，在正午笔直的日光里，在黄昏之后若隐若现地飘浮在大地的秘密中，与词的存在，在词构成的关系之中又有哪些不同？什么是语词的花？什么是感受里的花？什么是实际存在的花？

花儿在词语之外宁静的世界中独自地存在着，它在一年中间开了又落，在另一年里又开又落。词语从来就同花的生长无关，无法真正进入那独立、宁静的界域。词语无法催开花。花曾经长久地开放在自己的王国里，而现在在它同词语之间形成了人的一个话题——一个充塞着各种告诫的崭新形式。

病榻上的一束花，在白色的病室中扮演着某种角色，这情形就像医生、术士和预言家在非司法领域里所形成的核心一样。洁白的颜色使花的神秘性在它的弥散中不断增殖。是情境赋予了这种若隐若现的东西；是一种永不可得的退隐展开之后收留和齐集了这些转瞬而逝的东西。这些东西构成了病室里的花，它参与疾病的治疗、心灵的抚慰和对记忆流逝的追念，对尸体的赞美。而这一切与花的枝蔓、香气、外表的颜色竟然无关。但花又带来了一些东西，给了你一天的好心情。

你能够追忆清楚曾经手执一束花的所有情景吗？或许你根本不曾有过这样的经历，在北方古老而又保守的城市中间这么做会引起更多的注目。冬天的灰色调和寒冷的气息多少与你手中执掌的鲜花显得格格不入，人们的心情也大致如此，他将视你的举动为一种癫狂。花只有在恰当的时候与场合，才能够被簇拥，才能组成与海洋一般的巨大浪潮，才能够真正表达人类的疯狂。那些"罪恶之花""黑色的花""柔弱的花""理想的花""孤独的花",是花作为花的真实存在,还是人的一种自作多情……

我固执地目送陌生的送花人,他走进夜幕的背后。黑夜不仅带走而且清洗掉了不知从何而来的送花人,他像一个影子,在城市的某个地方漂浮过后,注定要回到他来时的地方。我对花的兴趣此时来自陌生的送花人,他所做的事情成全了一种送达,一种从甲地通向乙地的传递。类似这样的人们,如送奶工、信使、报童等等,在我内心里对他们怀有着深深的敬意。或许送花人并不在意他手中的花在以人为中心的语词里构成的层层错综复杂的关系;他也许不在意送的是花抑或是其他,长此以往,他在花的意义失缺里掌握花、传递着花。

在对花的无尽渴望中所展开的人的脆弱里,充满着急切需要得到抚慰的请求。而在日常生活的冷漠中,在平淡、无奇、单调的时间节律重复的轮回当中,花是孤独者需要和热切盼望握在手掌中的东西。它以一种多么隐晦的形式,暗藏于人的孤独和疯狂之中。花这个自然之物,这个单一的语词,从什么时候挽留和收集了人的无意识和非理性?

被它带走的东西,被它收留的东西,我们都无法看见,而它就在我们的眼前,有时像云朵覆盖我们的头顶,有时形单影只,有时随时光的推移,一点一点衰落。

水声食味

南北菜系，排到四大、八大之后，始见秦菜，是件无奈的事情。北方的珍馐玉馔，是以齐鲁为代表的，秦地则退而居其次，处在边缘，属可有可无类。著名的老饕朱家溍、赵珩诸先生，谈及美食，字里行间对京华名楼里的鲁菜，总是情有独钟、津津乐道，说起长安的佳肴，也只是顺道提及能记住的稠酒、泡馍之类的小吃，不可入室登堂。

多年前去丽江，看宣科组筹的纳西古乐，也有同感，其中一曲《山坡羊》，调子缓慢得不可理喻，却是正宗的唐长安古调，被堂皇地植入了异地，也让人心里不是滋味。

三秦之地"邪"，凡事不可声张，只能意会。30年前，"张三梆梆肉"在西安还响名当当，老铺位于南院门以西甜水井巷的十字路北，每日售量有限，用墨釉的大老瓷坛盛着，是一味佐酒的美餐。"梆梆肉"就是猪大肠，我小时候食张三家的这款名菜，除了炭火熏炙的余味外，不觉有特异，倒是以中药与猪肠煎煨的"葫芦头"，在长安历久不衰。张家的"梆梆肉"如今已鲜有人知了。

秦菜实在不敢拿出来与人夸耀。西安饭庄的"葫芦鸡""驼蹄羹"，虽馨香脆美、清新细腻，在讲究的满汉全席面前，就显得势单力薄。近年来，长安的庖厨业不断推出"汉宫遗味""盛唐御膳"，想法倒不错，但多流俗成了"耳餐""目宴"，终靠不上食中性味的大谱。推陈出新，有时也不免削足适履，在菜名的学问与刀砧外形的精致上，功夫和心思用足了，丢了"适口者珍""食无定味"的真经，也是常有的事儿。

在长安，我曾尝过按照出土的一千多年前青铜器皿盛的玄酒秘方酿制的"老酒"，虽价格不菲，又占着渊源上的优势，也无法品出古往的滋味。

长安的饮食，在大处上虽着不上边际，也确有独异的构成和辉煌。历史上曾有皇帝喜好"胡食"，一时间京师贵戚穿胡服，用胡式器具，吃胡人饮食，便蔚然成风。

按照袁枚的观点，像"羌煮貊炙"这种胡食美味，今人怕是不可以照单拿下。食中别味，随时移事异，不可强求，仍妙不可言。据说"羊肉泡"也是胡饭，得益于秦地盛产的羊肉和丝路上传过来的"胡饼"之间的妙应。仅这一点细碎的事，足见长安食文化的不凡。

味蕾中的学问博大精深。老子说"治大国若烹小鲜"。袁枚甚至在《随园食单》的起首，便讲到了"先知后行"的食之精要。于厨技烹艺的细处，见治国安邦、修身为学的大理，是一种大透脱。智慧之人，深谙"会通"之术，事无大小，理非长短，无碍才得入"空"境，且不乏活脱。如此看来，"君子远庖厨"，视脍刀之法为小技者的见识，就有些狭促了。

食风的奢靡，早已司空见惯，但食中的真味清气，不会因此增减多少。二十世纪六七十年代，长安城人家的厨事中馈，已简单得可怜，人们囫囵着吃饭，在有限的供应中，70%的主食均为红薯、玉米等杂粮。

我的胃肠不好，源于那时候吃了过量的红薯，现在见了，胃仍会发酸。粗玉米粥，却不曾厌烦过，每每喝来，浑身经络似乎都觉着通透，辅以自家腌制的"雪里蕻",调足辣椒,吃起来,自有食味别声的意韵,倒不觉着日子的苦焦和艰难。

我们家人丁足,熬粗玉米粥通常用老大的一口铁锅,由我二姐前一夜用清水洗净再浸上,第二天早上去学校前放在炉灶上,以封着的文火煨着。学校离我家极近,课间操时,我二姐跑回来,将炉门打开一道细缝,往锅里放一勺碱,搅匀,等到放学,正好开锅,再敞开炉门,让武火猛滚一阵,出来的粥,见汤见米,甚是好喝,有十足的清气和正味,只是现在没有这样的口福了。

长安城中人是不懂得食鱼的,只是到了20世纪70年代末期,店铺里有了青岛冻带鱼,人们才知道了鱼的味美,而在此之前,河汊中的虾蟹鱼龟,都成了客居的南方人的盘中餐。我的一位同学,上海人,父亲是"东亚饭店"的炉头。他家人食螃蟹的方法,极其细致讲究,有一整套的专用器具,钩、叉、刀、勺,都是极细的铜制品,串在钥匙链上以备用。还有一种特制的小锤、小钳,不轻易示人,只在食蟹钳和蟹腿时才拿出来,用后又放在一只木盒子里。剩余的蟹壳,也不弃掉,而是用蒲叶包着,另有他用。

我是个急性子人,参加工作后去江浙出过一趟差,正值菊黄蟹肥时,主人曾招待我食过一次大闸蟹。有小时候见识过的经历,我尽量将吃蟹的过程拖长些,细致认真。然而,我却不及南方人有耐性,无法将蟹吃得干净,还弄得满嘴鲜血直流,只好捂住,早早离开。

赤油重酱,珍禽玉食,在今人的眼中是好东西,食中之水似乎是不足挂齿的,又无色无味。偶翻古人所述的食单、食谱、小养,对水在食物中的特殊功用,不仅重视,而且极其讲究。人可以一日无谷,不可以一日无水。在此类论及饮食的文字里,水论独成一章,并置于起首。

雨水性甘凉,可以滋养人体生理上属阳中之阴的部分,量轻味淡,烹茶可除胸肺之热,熬粥也不会稠。元明时期的贾铭先生,活过了百岁，朱元璋曾向他询问颐养和长寿之道，他讲过：立春这天的雨水，性有春升始生之气，妇人饮了，易得孕。入梅的雨水有毒，喝了会生病，用来做酱，易熟，忌讳做酒做醋，用来擦洗衣服，可使霉斑脱掉。立冬后10天被称为入液，到小雪时就是出液。这期间的雨水被称作"液雨水"，百虫喝了会藏匿起来，适宜作为杀虫药饵。腊月的雪水不易变质，用它浸泡五谷不生虫蛀，洒在宴席桌上，苍蝇就自动不会来叮爬。屋漏水有毒，误食会生肿块。冰雹水味咸性冷，若酱味不正，放几滴能恢复原味。水的气味，随着一年的节气变化而改变，这是天地气候互相感应而形成的。寒露、冬至、小寒、大寒四个节气这一天的水，适宜浸造滋补身体的丹药、丸药及药酒。

　　清代的王士雄先生，对露水有精深的研究，在《随息居饮食谱》中写道：水稻头上的露水能养胃生津；菖蒲叶上的露水可清心明目；韭叶之露，凉血止噎；荷露，消暑怡神；菊露，养血息风。

　　水是饮食的基本构成。水好食才有味。没有水在味蕾里的运化作用，再珍贵的食料，再聪明的庖厨，也无法烹制出真味。水还是食中的元素。元素便意味着不可或缺。

　　今年初秋，我进秦岭，在南麓的广货街上的一家馆子里吃饭，其中的油煎小河虾，翠亮如玉，味道鲜美，不可言喻，做法又极其简单，只在过油后，调些许椒盐。循着山涧的泉溪，但见这家馆子的屋后，溪水清可见底，鱼虾自在游翔，让我品尝、感受了食味中的水声。想必世间真味，便与这山溪的水声有关了。

刀疤

我从那扇院门跨过,遇见的第一个人右额头带着一道刀疤。他就是妖怪。

街道上的人来来往往,我却什么也没有记下,印象里妖怪背靠着电线杆,正蹭痒痒。他把右手的中指全部塞在嘴里,两片厚唇一闪一闪,咂摸咂摸地吸吮,额上的刀疤也随着颤动。妖怪的眼睛直勾勾地盯我手里攥的半截热红苕,脑子在不停地打转转,随后,迟缓地朝我挪移过来,一脸的不情愿。

叫妖怪盯上,就等于让贼惦记着一样。

那半截刚出炉的红苕很快就易手了。妖怪大口吃着,我心里仍觉着亏欠了他,有愧于他。

打小开始,妖怪之于我便就是坑蒙欺骗。他拿我练手,摆局设套,引我上钩,用一张彩色糖纸,换我口中的糖块,见我端着一页大饼,他便凑上来说能把它变成月牙形,说罢就上口,原本完整、好看的烧饼,被他的牙齿锯成了豁豁。他每每都能寻出方子,将我捕住,末了,便收拾起自己的收获,一颠一颠,不见了踪影。过一阵子,他又闪出来,像是什么都没做似的,一副装出来的可怜相,心里却早已有备好的"绳子",寻思着用什么法子再次将我缚勒住。

妖怪引我上过无数次当,而且当当都还不一样。

从那扇黑漆的院门走出后,我认识了许多人:马奶——一个放足又缠裹上腿脚的神婆,整天用翻上去的白眼看人,为素未相识者占卜吉凶、预测生死。四爷——靠做假字画、挖墓、倒片子起家的古董行的老板。他一张嘴,就露出两颗镶金的门牙,鼻头下两绺翘起的八字胡就扇动一下。还有就是妖怪他爸,整天在阳坡地里翻拣棉袄里的虱子,总是端一口老碗,像个饿死鬼,吸溜吸溜喝着清汤的懒汉,旧社会里的职业赌徒,典型的败家子、溜光棒。他在一次不明不白的赌局里,将祖上遗留下的四进带花墙、走廊的院子输给了四爷,从此住在自家原先的柴房里,成了自己祖屋的房客。新中国建立后,妖怪他爸也就金盆洗了手,推牌九、掷骰子、搓十点半的恶习,一概戒掉,闲搭打着,听从马奶神婆的导引,相信命里有一金凤,将要在他家房梁盘巢架窝、招财纳宝,恢复祖上的家业,便一年一个接连不断让自己婆娘的肚子生养:从大喜、二喜到八喜,清一色的光葫芦,老九便是妖怪,就此才算打住,死了光宗耀祖的心结。

妖怪自小随着马奶、四爷。大清早起身,就服侍二人,上香添油,倒尿盆屎盆,收拾堂前屋后,清扫庭院过廊。马奶、四爷是一贯道里的人,常有善男善女从妖怪家的院子进出,待那些人在上房立定,妖怪他爸就叉上院门,倒在院子阳坡里晒暖暖,替马奶、四爷把门望风。妖怪则擦着红粉,梳着小辫,堂上堂下的沏茶上烟,拿出一个纸折照念。

一次,妖怪让我躲藏在上房门背后的打板柜里,借着木板的洞孔偷看马奶、四爷为道众上"法会"。上房的堂案上摆着沙盘、罗圈、耗子、笔墨纸砚;马奶上身裸露,盘腿坐在方凳上,口中念着咒词,不时地用双手扑挲胸前干瘪、吊拉的双乳;四爷则是挥动着手中的宝剑,口中说着:"结丹、结丹。"那些"坤才""道亲"们脱光衣服,相互搂抱，用手抚摸对方。妖怪则在其中窜来窜去，丝毫不觉其奇怪，他麻利地提壶倒水，然后跃上板柜，躺在上头睡觉。

我记事的时候，旧社会里过来的那些人还没有死完。巷子里还能见到小脚娘相互搀扶着上庙进香；西安城先前的阔少，守着蓝乎乎的四进高屋大瓦房，躺在树荫下，喝着壶壶茶，听头顶的鸟叫唤。也有像妖怪家一样破落败废的门户，老子整天游手好闲，一群儿子像鸡娃子满当街地乱窜，婆娘家终日围着灶台转，暗无天日。白天忙活吃的，晚上忙活日的。

妖怪从小被马奶、四爷使唤，算是为他家顶过柴房的租钱。马奶、四爷把妖怪当作女娃子来养：眉心点上一颗红脂，梳着两个羊角小辫，花袄绿衫子缠裹，鼻涕哈喇着，袖口上擦得起明发亮带宝色。冬日里脸蛋和刀疤被冻成青色的柿子，夏天刀疤则发红。妖怪的家人对妖怪也没有什么指望，虽说同在一院子进出，妖怪绝少进他家的柴门，也不同家里人招呼，只是奔着马奶、四爷的屋里去，晚上睡在上房大堂的板柜上。妖怪他爸妈只是站得远远地瞅着，不吭不响。

巷子里有出殡抬棺扛大头的经过，妖怪人鬼，手脚敏灵，脑瓜子活泛，小手扶在扛头上，衣角在眼眶子揉搓两下，随着人群溜溜腿脚，便落丧家的一个大人情，隔日就有登门谢承的，左一声妖怪被管教得好，右一句这娃子日后要成大精。妖怪家就此还常落下许多便宜与实惠，也算是他家一门不大不小的营生。

我见到过各种各样的赌具：骰子、麻将、盘赌，全是妖怪的。妖怪常在家里偷出一颗"筒"或"白板"什么的，换我的弹球和吃货。关于赌场上打趣、哼歌、假笑、讲闲话、吸烟等移花接木的骗术和招数，以及配牌、凑牌、换牌的手法，妖怪都能如数家珍，讲得非常清楚。一次，妖怪同时拿出两枚一样的骰子，告诉我如何区分出"药骰"，哪一枚当中灌着水银，应当到那些地方上去看。

妖怪最为津津乐道的是他爸旧社会里在赌场上的春风得意。所有的人见了他爸都点头哈腰。他被这些道听途说的东西激励着，并且总以为他爸下注的时候，只压赔率最高的豹子。他对他爸的赌胆和赌技深信不疑，相信他爸在任何情况下都能沉静自若、应付自如。一个人对另一个人发自骨头里的崇拜，有时候喷发出来会像烈火一样凶猛，倘若这样的烈火再招致长久的压抑，会使表面上看起来愈发平静。烈焰的高处，什么都没有，异乎寻常的安静。妖怪讲起他爸的情形就是这个样子，显得出奇的冷。他始终相信他爸每次进赌场都是大摇大摆的。先是把一袋子光洋哗啦一声拍在桌案上，四下里看看，才挽袖口下手。

　　关于唯一失手的那次，最终将四围院的大瓦房转手给四爷的事情，妖怪内心里耿耿于怀，只是从来不说。他认定马奶和四爷要了"男女翻戏"的手脚，使他爸入彀，被某种东西所迷惑，难以勘破其中的玄机而大输特输。要么就是四爷在他爸跟前"倒棺材"，一股脑送了他爸在赌场上的好身手。妖怪说起这些听来的往事，脸上的刀疤一会儿青，一会儿紫。

　　20世纪60年代，人们的生活仍没有大的起色，妖怪家的日子就更艰难。贫穷逼得妖怪过早地走上了社会，也教会了他很多的东西。他每天在学校混搭上一会，就跑到南城门口的坡下"挂坡"，帮拉架子车的一趟一趟将车子从坡下拉到坡上，挣出自己的吃喝和学费钱。下午，归整收集巷子每家每户的垃圾，骑一辆破三轮，运送巷子头垃圾台的垃圾。我骑三轮车走不过10米远已经觉得气喘，妖怪通常装一整车的垃圾，再躺上我在顶上，仍能窜腾得飞快，丝毫没有气累的感觉。要是天气好，心情也不错，他还会吼上两句秦腔，像《拾黄金》里的主角，喊着：黄金出来喽！黄金出来喽！双手撒开手把，在半空里不断地划出弧线。只有这时，妖怪才看起来是快乐的。

　　我一直忘不了一张烟盒叠成的三角，在半空里漂浮着，像风筝一样立在蓝天的背景里。那张三角还牵动着我的心。我希望妖怪从手心向手背翻腾它们的时候，落下来的不止一张，或者一张也没有落下，可它们却在妖怪的右掌直排伸到手臂上，随意地翻转，只留下孤独的一张散落在当空里。老练地使完成这一手"抓三角"的手艺，妖怪常常嘿嘿一笑，说："去！回去拿白馍来换再玩。"

我不相信妖怪能把活儿做得如此神奇，但我看不出其中的破绽，他玩得像昼夜的更换一样自然。在我看来，一个人绝不可能在右臂上摆满三角，然后由手心翻转到手背，只放一张出来。妖怪准确无疑地做到了；末了，还扎着无所谓的架势。

我们这些在西安南城墙根长大的孩子，大约从七八岁开始，都能够从几乎成直角的城墙水道砖棱牙子上熟练地爬上爬下。我第一次站立在水道子旁感觉着城墙整个要扑面向我倒下来。在城墙跟前，我觉得我自己的心在发抖，四肢哆嗦。

妖怪叫我朝上看不要朝下看，身子尽量贴近城墙砖，双手把牢砖棱牙子，脚腿打实立稳，他同时在一边，像个猴子不断爬上爬下，为我示范着。此后，我常在梦里看见自己上城墙，并且还坠落下来，被妖怪接住，紧紧抱在怀里。

过了许多年，大概是1975年吧。妖怪身后背着一卷行李，歪戴着一顶新军帽，登上一辆插满红旗的卡车，向我招了两下手，随着一帮同学，被敲锣打鼓地送到了陕南农村，插队下乡，当了知青。此后，我家也搬出了城南的巷子，再也没有见过妖怪，也没有听人说起过妖怪的任何消息。

2000年，我的母亲病逝，父亲孤身一人住在家里，我每次回到家，他都是默默地坐在屋角里，一动不动。我想父亲难以消弭内心的巨大悲伤，他常常沉浸在对于母亲的怀念之中，忘记了时间，忘记了一切。为了消解父亲的郁闷，去年，我带他随旅行社去了一趟东南亚，最后一站落脚澳门，导游组织我们参观葡京赌场。我陪着父亲在里头转，赌桌上有不少大陆客，赌兴正酣。父亲告诉我侧面大桌子坐在正首下注的人，很像是从前巷子的妖怪。我不敢确认究竟是不是妖怪，隔着烟雾和一段距离，那人看上去更像从前的妖怪他爸，也明显老了很多。我走到大桌案的近旁，见一个穿着不俗的妇人，从旁指划着。他的面前堆着许多牌注，嘴头上衔着一只大黑卷烟。他在赢过一圈后，得意地把长发往脑后扬甩了两下，露出了右额头上的刀疤。我非常熟悉那道刀疤，在他很深地朝肚子里吸足一口烟，又吐出的当儿，我还看清楚了那刀疤像从前一样：一会儿变青，一会儿发紫，随后又恢复了平常的样子。